ESCURO, CLARO

Contos reunidos

Luís Augusto Fischer

Escuro, claro
Contos reunidos

L&PM
EDITORES

Texto de acordo com a nova ortografia.

Capa: Ivan Pinheiro Machado
Revisão: Lolita Beretta

CIP-Brasil. Catalogação-na-Fonte
Sindicato Nacional dos Editores de Livros, RJ.

F562e

Fischer, Luís Augusto, 1958-
  Escuro, claro: contos reunidos / Luís Augusto Fischer. – Porto Alegre, RS: L&PM, 2009.
  208p.

  ISBN 978-85-254-1975-0

  1. Conto brasileiro. I. Título.

09-5059.   CDD: 869.93
                                CDU: 821.134.3(81)-3

© Luís Augusto Fischer, 2009

Todos os direitos desta edição reservados a L&PM Editores
Rua Comendador Coruja 314, loja 9 – Floresta – 90.220-180
Porto Alegre – RS – Brasil / Fone: 51.3225.5777 – Fax: 51.3221-5380

Pedidos & Depto. Comercial: vendas@lpm.com.br
Fale conosco: info@lpm.com.br
www.lpm.com.br

Impresso no Brasil
Primavera de 2009

O nome deste livro de contos é uma facilidade do autor para um caso sem solução razoável. Como nomear um conjunto de trinta e uma histórias curtas? Tentando encontrar unidade? A unidade do livro sou eu, mas isso não me salva da precariedade. Estou sem palavras, por assim dizer; por isso a opção pelo nome de um conto, que mora no meu coração (como todos os outros).

De todo modo, dar nome a um livro de contos é sempre um exercício de arbitrariedade, porque é difícil encontrar unidade, salvo a assinatura. Os mestres superiores (e inalcançados) deste modesto escriba aqui optaram muitas vezes por nomes neutros: *Papéis avulsos*, *Histórias sem data*, *Várias histórias* e *Páginas recolhidas* são alguns dos títulos das reuniões de contos de Machado de Assis; Guimarães Rosa também aplicou título linear em livro, *Primeiras estórias*, que porém não era seu primeiro conjunto de contos, e seu *Tutameia* tem por subtítulo *Terceiras estórias*. (Ele espalhou a lenda de que, se lhe perguntassem por que essas histórias eram terceiras uma vez que não existiam as segundas, ele responderia que era para guardar lugar). Borges chamou sua primeira grande reunião de contos de *Ficções*, nome quase impossível de bater em matéria de modéstia. E Salinger batizou sua diabólica, sublime reunião de *Nove histórias*. (Faltou falar de Kafka para completar a lista dos meus contistas prediletos.)

Alguns dos contos aqui publicados conheceram encarnação anterior impressa: os datados de 1996 saíram no livro *O edifício do lado da sombra* (este livro teve boa leitura e chegou a ser finalista do Prêmio Nestlé, categoria estreantes, naquele ano; era fisicamente compartilhado com outro, de poesia, do meu amigo Luciano Alabarse, *Sal na pedra*); os datados de 2002 ganharam o ar da vida no livro *Rua desconhecida*; os dois saíram por uma editora cujo nome não me agrada lembrar.

O conto "A peste da Janice", que tomei a liberdade de incluir na seção em homenagem a Machado de Assis – é o único daquele conjunto que não foi diretamente escrito sobre a matriz de um conto do mestre, embora tenha lá sua dívida espiritual para com "O caso da vara" –, foi transposto para o cinema, num curtametragem muito legal (sou suspeito pra falar, eu sei), roteirizado pela Cristina Gomes e dirigido pelo Rafael Figueiredo (2006). O conto "Perfeita como um conto" nasceu de um engano meu: o Sergio Faraco me convidou para participar de uma publicação que gira em torno do famoso Decálogo do contista uruguaio Horacio Quiroga (o livro se chama *Decálogo do perfeito contista*, por esta mesma casa editora, com organização dele e da Vera Moreira). O Faraco me convidou e eu entendi que podia louquear à vontade, e ensaiei um conto, esse aí; mas não, era uma coisa menos ensandecida, era para ser um comentário direto dos preceitos quiroguianos, coisa que eu fiz, obediente.

Os contos deste livro foram escritos em situações de vida e em momentos históricos muito distintos. De vez em quando me dá vontade de advertir, por exemplo, que quando eu escrevi "O Alemão" os guardadores de carro ainda não usavam o rodinho de mão – pode parecer pouco, mas a ideia foi minha mesmo. O conto "Não havia a menor dúvida", que menciona o "*bug* do milênio", visto agora, envolve um certo exercício de arqueologia – quem se lembra desse fantasma? Enfim, vida que passa. De tudo isso, ficou a convicção de que valia a pena anotar o ano de edição dos já publicados; os inéditos vão sem anotação de data e correspondem aos dias deste livro.

No meu coração eu sei muito bem que as histórias aqui presentes devem muito a vários amigos, alguns nomeados nas dedicatórias (como o Ubiratan "Bira" Faccini), outros não (como o Paulo Coimbra Guedes). Tenho muito pouca imaginação efabulativa, não sei criar enredos interessantes, e por isso eu presto muita atenção às histórias reais que vejo e ouço, para poder escrever. A eles meu agradecimento pela oportunidade de aprender.

Este livro é para a Dora, o Benjamim e a Julia.

L.A.F.

Escuro, claro

Sumário

O império de Eros

O cerco	13
Unhas pequenas pintadas de vermelho	20
Acaba o estágio	22
Não havia a menor dúvida	32
Porto alegre, hoje de noite	39
Duas irmãs	44
Escuro, claro	57
Despedida	58

A força de Tânatos

Exposição	71
A fronteira	73
Jogar o jogo	77
Morte mas doce	80
O Alemão	82
Um homem	90
Azulejo, play	94
Ao museu, eu	96
A felicidade	98

As estratégias de Clio

Acerca do método de narrar	103
Dona Emiliana	112

Entrevista: um pós-conto 119
Esparsos 121
Muito pior 127
As fotografias... 129
Cidade grande 131
Irineo, com "o" 139
Perfeita como um conto 147
Avô... 151

A bênção de Machado de Assis

A peste da Janice 155
Ideias de passarinho.. 163
Teoria da celebridade... 171
O economista 176

O império de Eros

O cerco

Sento-me e procuro na parede
A imagem que se foi quando partiste;
Uma imagem de mim, que dividiste:
Um que procura, um que se despede.

Angústia branca que à parede pede
E busca a imagem, a que tu urdiste;
Parede branca onde tu surgiste,
Toda brancura que uma angústia mede.

A imagem que procuro tu levaste,
E eu olho esta parede e me aparelho
De outros olhos, não estes de olhar esmo,

Para ver não a mim, qual me deixaste,
Mas olhos para ver-me sem espelho.
A mim, sem ser simétrico a mim mesmo.

Tratado geral da reunião dançante,
Paulo Coimbra Guedes

I

— Te lembra que eu te liguei, da última vez, que eu te falei da *História do cerco de Lisboa*? Que eu insisti em falar do romance, da história da mulher que se apaixona pelo cara, que faz o cara se apaixonar por ela? Te lembra, aquele negócio todo?
 — ...

– Pois é, eu tava querendo insistir no lado bom das coisas, no lado positivo, no lado possível, eu não queria ficar remoendo tudo, todo o lance errado, as coisas erradas e ruins que a gente acabou fazendo, não sei se eu era o culpado, ou tu, sei lá, eu só queria insistir no lado bom, entende?
– ...
– Então, quê tu acha? Não te parece que isso é um bom sintoma, quer dizer, um bom jeito de recomeçar, assim, enfatizando o lado bom? Tipo "estamos amadurecendo"? Te lembra como foi bom, como já foi bom?...
– ...
– É que eu acho, sei lá, não sei bem, eu tenho certeza que esse negócio de se sentir tão amado, de amar tanto, e tão naturalmente, isso só acontece uma vez na vida de uma pessoa, não duas. Por isso que eu tô escondendo a vergonha de insistir em te procurar, tô te telefonando, acho que eu tô forçando um pouco a barra, não tô?
– ...
– Pois é.
– ...
– Tá, mas tu não acha que ..., tu acha que não faz nenhum sentido o que eu falei? Não, não que eu tenha a razão toda, que eu tenha tido razão em tudo, mas isso que eu te falei agora, não te parece...?
– ...
– No fundo só tem um critério, eu acho, um só critério pra toda essa coisa: ou a gente tem entusiasmo, sente entusiasmo natural, ou não tem. E eu tenho, eu só tenho, por isso tô te chateando agora, meio sem-vergonhamente, mas eu não posso deixar passar por mim, quer dizer, não posso jogar pela janela a única coisa que faz sentido absoluto, que me dá o tal entusiasmo, eu sei que não é simples, que tá complicado, mas eu acho assim: vai ficando bom um pouco, um pouquinho, amanhã fica bom, depois melhora, aí a gente volta a pensar no futuro, faz um plano, e vai melhorando, entende? Não tem mistério, não pode dar erro, as coisas vão indo, tu me faz um cafuné, eu deito no teu colo, a gente faz um amorzinho, vamos ao cinema, sei lá, passa o fim-de-semana na praia, porra, a vida de todo mundo é assim, a gente vai superando, vai tudo ficando bem.

– ...
– Bom, tu que sabe. Mas ..., não pode mesmo? Tu não acha que isso tudo é passageiro, que é mais teimosia tua do que outra coisa? Quero dizer, tá, eu sei que não é só birra, eu sei que teve muita coisa ruim, bem ruim, muito ruim entre nós, mas isso faz parte da história, o lado bom e o ruim, isso tudo é nós, entende?
– ...
– Não, eu não acho que nós somos outros, ninguém é outro, tu é como tu era, eu também, a gente sofreu mais, mas a gente é igual a sempre, não tem diferença.
– ...
– Mesmo? Tu tem certeza, tem?
– ...
– Então tá, quê que eu posso fazer. Se tu acha ... Mas nem um pouquinho de entusiasmo, quer dizer, tu tá sentindo que é assim que tem que ser? Melhor não mais? Pra sempre?
– ...
– Tá, tchau então.

II

Do que eu me lembro, foi esse o fim do telefonema, terminou assim. Ou melhor, foi assim porque as palavras não podem chorar, então foi assim. Só que eu chorei depois. Fazer o quê.

Agora relendo a minha última fala ficou-me a sensação de frouxidão, de um certo tanto-faz, parece fria, parece que eu terminei de falar, acendi um cigarro, peguei a cuia e fui pra sacada tomar mate ao sol. Mas não. Aliás, foi assim mesmo: cigarro, chimarrão e sacada com sol, só que com um choro idiota, não convulso, um desespero quieto. Daí sentei mesmo, fumei o cigarro, tomei mate, saí do sol que estava horrível de quente, e o choro ficou entalado no meio da garganta. Talvez porque seja mais comum a gente precisar de gente por perto pra chorar, ou não, sei lá, homem não chora, etc.

Era hora de comer, quase uma da tarde. Comi qualquer coisa que achei semipronta na geladeira. Depois tomei um longo café, mas nem assim fiquei, digamos, normal, como quem não está nem a ponto de chorar nem com cara de quem recém chorou. Meu estado era algo enlouquecido. E me passou pela cabeça a frase famosa do Lawrence Durrell, no *Quarteto de Alexandria*: "Há três coisas que se pode fazer com uma mulher – amá-la, sofrer por ela, ou fazer literatura".

Ou quem sabe uma combinação simples desses três termos complexos: fazer literatura com o amor que não houve, que não há mais, e fazer literatura com o sofrimento que ficou de haveres partido, de haver agora eu partido. Mas será necessário deixar passar alguns dias antes de começar; amanhã ou depois eu volto aqui pra me vingar.

III

Vou te pôr em ação, mas do meu jeito. Tu vais estar vestida, deixa eu ver, de saia, qualquer saia que deixe os contornos entre o joelho e o pé à mostra, assim voluptuosos, graciosos; e estarás com um sapato que faça o que todo bom filme faz, insinuar, deixando umas pequenas faixas do pé à vista, ficando eu na imaginação do conjunto. Tua bunda como de hábito estará generosamente delineada: abaixo, o largo da saia, e acima, o estreito da cintura. É calor, então vestirás uma blusa não muito justa, de um tecido natural cujo nome me escapa mas que te deixará menos sujeita ao calor porto-alegrense. O cabelo estará solto como sempre, e sem nada mais, porque coisa alguma deve obscurecer o que vem mesmo ao caso, o teu rosto saliente, as sobrancelhas grossas e macias, os olhos redondos, a boca singela que sabe quando deve abrir-se em sorrisos ou entortar-se em resmungos indignados, "Não acredito" por exemplo.

Mas não dirás "Não acredito", pela simples razão de que não te darei motivos, ou se te os der não permitirei que o digas, porque aqui és minha personagem, ages conforme o meu desejo, se bem que resguardarei tua individualidade ficcional. Mas nem tanto. Porque antes do telefonema, isto é, lá na realidade anterior à ficção, estavas reticente e dizendo várias vezes "Não acredito", a toda hora, aos montes, e deu no que deu. Pelo quê estou aqui me vingando, agora estás debaixo do meu jugo onipotente, de quem manipula esta máquina de escrever, e agirás como eu quiser. Mas eu prometo te fazer feliz, acredita. Diz, então: "Tá, eu acredito". Bom.

IV

Vamos ao cinema. Está levando *Memórias do cárcere*, que já li e tu não, mas não faz mal, não vem ao caso. Eu estou nervoso porque recém nos conhecemos; tu, ao contrário, pareces ter a segurança do mundo, pareces não transpirar embora seja um novembro dos quentes. Teus olhos míopes, aparelhados de óculos que só usas em circunstâncias como essa, nem se deslocam da tela nos inúmeros momentos em que desisto de acompanhar o desempenho do Carlos Vereza-Graciliano na vida iluminada da tela para olhar-te, o teu perfil, os dedos cruzados sobre o ventre, os cotovelos tocando levemente os braços da poltrona. Às vezes, tu não vês, fazes um pequeno bico com o lábio superior e sopras com alguma força para baixo, na direção das mãos cruzadas sobre o meu desejo ainda inconfesso, o ar condicionado prometido no cartaz da entrada não funciona; sopras também na direção do vão entre os seios, o decote da blusa te permite – ainda não sei, como personagem da cena, que tu suas bastante, nem que o cheiro do teu suor só faz aumentar o bom do teu cheiro geral, que vem não sei de onde, mas como narrador que sou agora sei sim, tu suas e tens cheiro bom, muito bom. Logo sairemos daqui, daí onde estamos personagens, mas por enquanto tudo é nervosismo da minha parte, tudo é sorriso tranquilo e superior em ti. E eu sou, estou sendo Julien Sorel, admirando tudo em ti e te desejando como ao futuro, que ainda não conheço, nem mesmo como narrador, aqui, do lado de cá da ficção.

Saímos de lá, o cinema já ficou para trás, eu estive sem jeito nenhum mas te convidei a tomar uma coisa qualquer, acho que uma pepsi, que não gosto, e tu disseste que sim como se não houvesse outra resposta a uma pergunta formulada depois de um filme. Estamos dentro do carro parado, já fui buscar no bar à beira-rio as bebidas; estás completamente sem óculos, nenhum óculos entre teus olhos redondos e os meus óculos. Estás virada para mim, confortável como se não houvesse outra pose possível nesse mundo de deus, e eu enxergo avidamente os contornos que preparei nas tuas pernas, no desenho geral desta cena. O conteúdo da conversa absolutamente não interessa, nem a mim lá no carro nem a mim aqui te escrevendo; só é certo que conversamos, eu tenteando, volteando, meneando, como eu vi uma vez que se faz quando se recolhe o gado à mangueira, ainda mais se forem ovelhas, nunca em linha reta direto ao miolo do rebanho, sempre pelas bordas, já te contei que eu conheço a campanha gaúcha, que eu sei como se recolhem as ovelhas?

Não sabes, e dizes "Ah, é?" como se houvesse interesse em alguém como tu, que vem de lá, da fazenda imemorial do sul do Rio Grande do Sul, alguém que não para de vir de lá há várias gerações para viver em Pelotas, em Porto Alegre ou no Rio de Janeiro, como se houvesse algum sentido em ouvires um alemãozinho suburbano feito eu falando de assuntos de campeiros e fazendeiros, como um gaúcho. O teu jeito interessado, porém, alimenta a fantasia do momento, tu estás na minha mão, personagem, e fazes um olhar interessado, um leve tornear de cabeça para ajeitar o cabelo, te inclinas brandamente em direção ao painel do carro, tuas sobrancelhas lustrosas arqueiam sutilmente. Eu perco um pouco o jeito, não por ter sido flagrado em pecado de demasia gauchesca, mas por ter sido tão bem acolhido pelo teu coração de menina que sabe como se conduzem ovelhas, assim pelas bordas do rebanho. Sorrio um meio sorriso e vou adiante, iria até o fim dos tempos naquele, neste enlevo, aqui dentro do carro, e vou começar outro assunto, que procuro apresentar como decorrência natural daquele que tinha recém findado, as ovelhas, como desdobramento necessário: falando em ovelhas, há horas que queria te convidar pra gente sair, ir ao cinema, conversar, ir ao teatro, sabe que em Porto Alegre o pessoal tem feito um trabalho legal? – mas nem eu acredito na consecução dos assuntos, nem tu acreditas que teatro em Porto Alegre valha tanto assim a pena, nem vou tanto ao teatro, e fazes um olhar de filha preocupada na direção do relógio preto e pequeno, que eu não tinha posto na tua indumentária mas que tu lembraste de botar, porque convém, e lembras da hora, já é tarde, arrisco uma piadinha idiota, a noite é nem uma criança, é um feto, uma carícia anterior a tudo, sorris para mim e dizes pois é.

Ligo o carro te olhando, fazendo pose de quem está senhor da situação como um narrador sobre suas criaturas, inclino-me um pouco para a frente, olho no retrovisor interno e saio de ré do estacionamento dizendo o carro é velho mas é bom, ha-ha-ha, tu sorris condescendente com a segunda bobagem em dois minutos. Pergunto pra que lado nós vamos, outra insinuação boba, porque sei que não vamos a outro lugar que até tua casa, e sei demais onde fica tua casa, já sondei milhares de pessoas, com a discrição possível, já fiz até um poema em homenagem ao teu edifício, que nunca te mostrarei, nem depois de narrador, é um poema que é só a minha dor, nada fingida e portanto ridícula, ridículo, mas surpreendentemente gostas da bobagem, dizes o endereço todo, até com o número do apartamento, rimos, o carro se encaminha para lá quase sem depender de mim, porque já sonhei esse trajeto umas quantas vezes e já instruí o carro a não me incomodar com solicitações que atrapalhem o momento fugaz em que as coisas se precipitam, e a elas eu sei que devo estar atento.

Cheguei, chegamos, encosto o carro, paro tudo mas deixo o motor ligado para afetar a consciência impossível de que aquele alvoroço todo no meu coração é muito normal, acontece três vezes por semana comigo, tiro os braços da direção e não sei onde pô-los, tenho vontade de te abraçar daquele jeito desengonçado de abraço dentro de carro com o motor ligado, em rua de movimento razoável. Antes que eu tome um ar e a iniciativa inclinas o corpo todo na minha direção como quem vai despedir-se de um amigo e eu me preparo para aproveitar o máximo do teu cheiro acoplado ao beijo na tua bochecha e a visão do teu pescoço levemente ensombreado por cabelos portugueses e, sem mais aquela, beijas-me a boca num movimento quase demorado que produz o efeito que queres, e sei porque és minha, tu personagem dos sonhos que dormi por tantas vezes antes de hoje e de hoje em diante: eu teu narrador apaixonado que saio dali caminhando em nuvens que se interpõem entre o asfalto e as borrachas dos pneus nessa noite a que só falta comprar cigarros e voltar para casa. Depois, a vida.

1996

Unhas pequenas pintadas de vermelho

Para a Luciene, que sonhou algo parecido.

Se algum dos vizinhos fosse indagado sobre os hábitos, os recursos, as manias de Anita, provavelmente não diria muita coisa, porque ela era conhecida de todos apenas por ser feia, muito feia de rosto e feições, peculiaridade realçada com seu nanismo, e por tocar ao piano músicas sonorosas, gentis, agradáveis a todo ouvido. E tinha as pequenas unhas permanentemente pintadas de vermelho.

Com tudo isso ela era razoavelmente aceita por todos os outros moradores da pensão, que exatamente como ela ocupavam um quarto de dimensões menos que mesquinhas. Anita, por gosto, mobiliara o seu com um sofá, uma banqueta e um piano de parede, e só; nenhum armário, as roupas sendo guardadas num gavetão do sofá, nenhum fogão ou sequer fogareiro, nada de espelho, livros, caixas. Era só, assim parecia ter nascido, e assim, tudo indicava, encaminhava-se para a morte, quando fosse.

Foi portanto de todo surpreendente, ao limite do inconcebível, a chegada súbita de Anita, feia como sempre, um dia, com um largo e cálido sorriso, a dizer: "vou ter uma filha". E não disse, como se usa, "vou ter um filho", em gênero desmarcado, não; disse que teria uma filha, no feminino, e assim foi.

Anitinha nasceu (ganhou o mesmo nome da mãe, como se vê) e logo se viu ser ela filha de Anita mesmo, pois era tão feia quanto a mãe, mostrou-se anã como ela e aprendeu sem aulas a tocar ao piano as mesmas sonoridades musicais, com mãos igualmente adornadas por pequenas unhas pintadas de vermelho. O que não espantou a ninguém foi Anitinha viver com Anita no mesmo quarto, por todos os anos em que esteve viva, usando as duas os mesmos parcos móveis, sendo novidade apenas a estranha, quase incompreensível amizade que a filha conquistou, a de um homem maduro, bem apessoado, sempre vestido a preceito, de aparentes posses, o qual vinha visitá-la todos os fins de tarde, sem falha ou variação, desde o dia em que Anitinha completou seus catorze anos, quando sua feiúra e seu nanismo estavam em flor.

Dos elementos que habitavam o cubículo, apenas Anita variava, porque à chegada do homem ela saía, ele sentava na ponta do sofá próxima à porta, sem palavras, e Anitinha puxava a banqueta para diante do piano e ali, de costas para o visitante, executava canções imemoriais, que ela ouvia desde antes de vir ao mundo. Encerrada cada peça, cada canção, ela baixava um pouco a cabeça, como que arrependida, e no mesmo movimento corporal voltava-se para o homem; os olhos de ambos fixavam-se mutuamente, por largos segundos, mas não havia sorrisos ou esgares de acompanhamento, tão só o olhar.

De tal forma era íntima, e por certo prazerosa, a cena, que a relação entre eles se manteve por anos, e ninguém da vizinhança pôde jamais dizer que entre os dois tenha havido ou amor ou outra qualquer relação clara. Parece que o olhar é que alimentou-os, talvez com o concurso da música, que todos testemunhavam ser magnífica ao ouvido.

1996

Acaba o estágio

Eu passei os últimos doze meses bolando uma forma de conversar com ela. Às vezes horas a fio, às vezes interrompidamente. Sempre que eu estive sem os olhos postos num processo ou num texto, e sem estar conversando com alguém, aqui no serviço ou em qualquer parte, no carro, caminhando, tomando café, tomando banho, sempre estive pensando numa forma de chegar perto dela. E não poderia ser de forma abrupta. Ela é delicada.

A ideia melhor que consegui conceber é esta: esperar pelo término do estágio dela, depois de avaliar seu desempenho, para não dar a menor chance de o meu convite parecer coação, que não é, e perguntar se ela não quer tomar um café.

Ela aceita. E ninguém vem junto, só nós dois. Estamos no bar, de pé no balcão esperando o café:

Eu: – Eu te convidei pra conversar porque eu quero te perguntar uma, duas, três ou quatro coisas. Posso?

Ela: – Essa é a primeira?

Eu: – Sim, eu calculei tudo.

Ela: – Sim.

Eu: – Eu queria saber uma coisa só, eu acho, pelo menos é a primeira: tu namoras o Gilberto?

Ela: – Por quê?

Eu: – Quero saber. E não te perguntei antes por constrangimento, pra não atrapalhar.

Ela: – Sim. Quer dizer, mais ou menos.

Eu: – Eu imaginei.

Ela: – A gente já namorou, e ele sempre quer continuar, me pede pra eu reconsiderar, a gente às vezes ainda sai junto. Fui eu que briguei com ele. Qual era a terceira?

Eu: – O que é que tu vais fazer nos próximos 25 anos?

Ela: – Por que 25?

Eu: – Responde.

Ela: – Por que 25 e não 15 ou 37?

Eu: – Porque eu acho que só vou viver mais 25. Se for mais é lucro.

Ela: – Então por que é que tu fumas? Que idade tu tens?

Eu: – 40.

Ela: – Eu pensava que era menos. Teu jeito é tão jovial.

Eu: – É só olhar estas rugas aqui. E tu?

Ela: – 22, vou fazer 23 daqui a treze dias.

Eu: – Tu contas os dias? Que engraçado. Daqui a 25 são 47.

Ela: – Eu não sei o que eu vou fazer.

Eu: – Hã?

Ela: – Nos próximos 25. Não faço nenhuma ideia. Quer dizer, eu tenho algum plano, mas não sei ao certo. Talvez tente o mestrado, mas fora daqui.

Eu: – Eu sei: vou continuar aqui, trabalhando e escrevendo alguma coisa. E me incomodando com essas antas.

Ela: – Quais antas?

Eu: – Não importa. Posso fazer a quarta?

Ela: – Já foram 4, não?

Eu: – Acho que não. Posso?

Ela: – Pode, mesmo que seja a quinta ou a sexta.

Eu: – Que é que tu achas de a gente sair hoje de noite?

Ela: – Nós dois? Não precisa responder. Sim.

Eu estava apaixonado por ela já havia quase um ano. Foi numa sessão de apresentação de trabalhos, aqui na Secretaria, uma espécie de fórum científico que fazemos uma vez por ano, para atrair trabalhos de profissionais e universitários. Eu estava no júri, com mais duas colegas de serviço, duas burocratas, para falar a verdade. E nós nos sentamos no meio da plateia geral, dispensando a suposta honraria de ficar numa posição de destaque, na frente de todos. E ela chegou atrasada, com a sessão já em andamento.

Era um dia frio, frio seco, agradável, correto. Ela sentou na mesma fila que eu, mais à direita. Aliás, ela sentou na fila de trás, logo à direita. Eu a vi entrar e logo me interessei: bonita, um olhar sereno, o cabelo mais ou menos longo e encaracolado. Casaco curto de couro, com gola de alguma pele. Acompanhei seu deslocamento até o lugar onde sentou. Que interesse ela teria em trabalhos de conservação de parques e áreas verdes, assunto daquela sessão? Por algum bom motivo ela devia estar ali. Depois percebi que era amiga de alguma das moças que apresentavam trabalho. Sorriu para a colega ou amiga.

Nunca mais me saiu da cabeça. Uma mulher jovem e linda. Principalmente serena, me dando a certeza absoluta de que seria acolhedora, quente e cheirosa. Possivelmente estudante de algum curso na Universidade Federal. Que curso? Cara de quem faz Direito. Cara de quem faz Belas Artes. Cara de quem faz Jornalismo. Cara de quem faz o quê, meu Deus? Nunca a tinha visto em toda a vida.

Depois descobri, apavorado e com o coração alvoroçado, que ela estudava Arquitetura. Arquitetura! Supliquei a todos os deuses que ela algum dia viesse trabalhar pelo menos no mesmo prédio que eu: poupava um longo serviço e proporcionava chances concretas de conversar.

A cena que imaginei é otimista demais, ela caiu em todas as armadilhas que preparei no diálogo. Talvez seja diferente. Até a hora de estarmos no balcão é tudo igual, mas depois muda:

Eu: – Eu te convidei pra conversar porque eu quero te perguntar uma, duas, três ou quatro coisas. Posso?
Ela: – Essa é a primeira?
Eu: – Sim, eu calculei tudo.
Ela: – Sim.
Eu: – Eu queria saber uma coisa só, eu acho, pelo menos é a primeira: tu namoras o Gilberto?

Ela: – Por quê?
Eu: – Quero saber. E não te perguntei antes por constrangimento, pra não atrapalhar.
Ela: – Sim.
Eu: – Eu imaginava. Então tá.

Espaço de silêncio estúpido e insuportável.

Ela: – O café daqui é meio forte demais, por isso é que eu não tomo muito.
Eu: – Pois é. Eu também, eu não devia tomar tanto café daqui.

Ela diz sim com toda a segurança, sem hesitar, sem aceitar a provocação engraçadinha que a minha primeira pergunta trazia. Terminamos o café e ela não diz nada. Nem eu. Ficamos numa saia-justa total e irremediável. Ou, então, ela, por delicadeza, faz alguma pergunta de estagiária, tipicamente de estagiária, para demarcar a distância entre nós, para reafirmá-la. Eu, sem remédio, penso em como sou infeliz. Todo o sonho de a ter por perto de mim, morando comigo, tendo filhos comigo, envelhecendo comigo (eu envelhecendo, ela amadurecendo), tudo se desfaz numa resposta firme: "Sim".

Ocorreu que, logo depois daquele fórum, por um desses golpes da sorte, ela entrou como estagiária aqui na Secretaria. Não veio trabalhar comigo diretamente, mas com um dos meus assessores, a quem estava designada a orientação do estágio – na área de conservação de parques e áreas verdes. O meu assessor se chamava Gilberto, ainda se chama, maldito. Como orientador do estágio, ele seria o primeiro a avaliá-la; eu seria o segundo, o definitivo. Foi por isso, por causa desse pudor, que não a procurei antes.

Gilberto, pelo jeito, não. Jovem de nem trinta anos, brilhante, desempenhava o papel de gênio entre nós. Suas opiniões eram sempre interessantes, e até quando não dominava perfeitamente o assunto conseguia apresentar hipóteses instigantes. Desde que trabalha aqui, depois de haver sido o primeiro colocado no mais recente concurso de arquitetos, já apresentou sei lá quantas propostas afinal aprovadas e executadas. Eu, não sendo arquiteto, vejo nele a encarnação do urbanista de formação técnica exemplar e de sensibilidade política igualmente exemplar.

Eu, advogado de formação, o mais que posso é acompanhar as coisas, coordenando o planejamento. Ele, doutor com formação na Espanha, é o verdadeiro cérebro de toda a seção, quem sabe até da Secretaria toda.

Não me conformo. Quero outro diálogo:

Eu: – Eu te convidei pra conversar porque eu quero te perguntar uma, duas, três ou quatro coisas. Posso?
Ela: – Essa é a primeira?
Eu: – Sim, eu calculei tudo.
Ela: – Sim.
Eu: – Eu queria saber uma coisa só, eu acho, pelo menos é a primeira: tu namoras o Gilberto?
Ela: – De onde é que saiu essa ideia? Não, claro que não. Eu não toleraria conviver com um namorado no serviço.
Eu: – É que me pareceu. Sabe como é, eu sou muito observador, e então imaginei.
Ela: – Mas por que foi que tu pensaste nisso? Quer dizer, por que era em mim que tu prestavas atenção?
Eu: – É que eu gosto de ti. Muito.

Que tolice. Que papel ridículo. Ela reverte toda a correlação de forças que eu preparei e puxa meu tapete: a pergunta vira-se contra mim, e eu acabo tendo de declarar esse velho amor platônico assim, patetamente. Uma mulher rápida e inteligente como ela deve odiar uma declaração tão chinfrim, ou se não odeia deve desprezar. Imagino que já terá ouvido cantadas às centenas.

Quando ela começou o estágio, imediatamente assumiu responsabilidades de adulto inteligente. Não fez como muitos dos outros universitários, que esperam as coisas acontecerem, aguardam instruções. Com pouco tempo ela dominou a lógica do trabalho aqui da Secretaria e de pronto instalou-se no processo, ganhando lugar definitivo na cadeia de tarefas. Tudo sem alarde, sem barulho. Em pouco tempo, ficou parecendo que ela trabalhava ali desde muitos anos, desde o começo do mundo, tão indispensável se tornou sua presença, seu desempenho, principalmente sua serenidade. Aqui se trabalha sob pressão o tempo todo, ainda mais depois que ecologia virou moda. Somos o alvo predileto de vizinhanças ávidas por praças e parques bem cuidados, de grupos empresariais que empreitam obras de construção civil e de grupos mais e menos delirantes de ecologistas. De um lado ou de outro, pode contar que não passa dia sem uma reclamação, uma demanda, uma sugestão.

Ela pegou o estágio para a função de negociar com os grupos de pessoas relacionadas às áreas onde um projeto estivesse em vias de execução: acolhia-os, explicava o projeto, ouvia observações, comentava. O resultado era sempre o mesmo: saíam todos contentes, ainda quando suas ideias não eram incorporadas ao plano de trabalho. E o Gilberto coordenava as sessões, deixando para ela o comando prático: ele abria a reunião, explicando os objetivos, e a seguir apresentava sua estagiária. Uma vez eu presenciei a cena, que imagino seja regular. Claro que o Gilberto, por correção, mencionou minha presença, como chefe; mas o modo como falou dela me pareceu claramente uma demonstração de força contra mim – era ele o descobridor daquele talento, era ele que lidava com ela todos os dias, era ele que, pelo menos na minha cabeça, namorava aquela maravilha.

Tenho que resolver logo como farei a abordagem, porque amanhã é seu último dia de trabalho aqui. Passo agora na sala dela, fingindo uma peculiar coincidência?

Eu: – Arrumando as gavetas?
Ela: – Claro, e com muita tristeza.
Eu: – Falando nisso, posso te perguntar uma, duas, três ou quatro coisas?

Ela: – Essa é a primeira?
Eu: – Sim, eu calculei tudo.
Ela: – Sim.
Eu: – Eu queria saber uma coisa só, eu acho, pelo menos é a primeira: tu namoras o Gilberto?

Posso tentar outra estratégia. Ligo agora mesmo para sua sala e peço para ela vir aqui.

Ela: – Sim?
Eu: – Oi, sou eu, o chefão. Tu podes vir aqui agora?
Ela: – Olha, eu tô terminando um relatório para o Gilberto. Falta só uma frase. Pode ser?
Eu: – Claro.

Ou então eu respondo diferente:
Eu: – Não, vem imediatamente, eu preciso.
Ela: – O chefe manda e não pede.

Pode acontecer pior:

Eu: – Não, vem imediatamente, eu preciso.
Ela: – Dá pra adiantar o assunto?

E aí, o que é que eu digo?

Eu: – É que eu te amo.

Ridículo.

Eu: – É que o tempo está terminando, e se eu não te disser agora o que preciso dizer talvez não haja nenhuma outra chance.

Ela desliga e eu continuo com o fone na mão: afasto-o um pouco, coloco-o na frente do rosto, olho fixo para o bocal e digo "é que te amo".

Duas semanas atrás houve um churrasco do pessoal do departamento, na casa de uma colega, arquiteta. Casa na beira do rio, na Zona Sul, linda. Casa de arquiteta com dinheiro e bom gosto. Fiz o que pude para ficar perto dela, quero dizer da estagiária, mas procurando não dar muito na vista. Ela sorria sempre, com aquele olhar sereno que me quebra. Meu esforço foi total. Não deixei escapar nada que pudesse agradá-la, aproveitei todas as chances. Por vezes ficávamos os dois no meio de mais gente, algumas vezes consegui ficar só com ela, naquelas movimentações em volta da churrasqueira que precedem a comilança.

Em certo momento, os dois a sós, em clima amistoso, ela me fez um comentário duro:

Ela: – Posso te perguntar uma coisa?
Eu: – Até mil.
Ela: – É que nunca te vi com ninguém, em nenhum lugar. No teu escritório não tem foto de mulher ou filhos. E nunca ouvi alguém comentar algo a respeito. Desculpa a franqueza, mas cheguei a perguntar para não lembro quem se, desculpa, deve ser porque bebi um pouco além da conta, se a tua preferência era por homens.
Eu: – E o que foi que te responderam?
Ela: – Que não, é claro. Se não eu não te perguntaria.
Eu: – Te satisfez a resposta?
Ela: – Claro, eu não suspeitava de ti. Mas é que nunca te vi acompanhado nem nada.
Eu: – Sou separado e não tenho filhos. E louco para achar a minha cara-metade. "Cara-metade" é antigo pra burro, né?
Ela: – É, mas faz sentido.
Eu: – Dizer "cara-metade" ou querer uma cara-metade?
Ela: – As duas coisas. Tu usas muita gíria dos anos 70.
Eu: – Não é dos anos 70, mas não vem ao caso. E quero me casar de novo, para sempre. Desde a minha primeira namorada eu quero casar para sempre. Ainda não acertei.
Ela: – É bonito isso, hoje em dia é raro.

Eu: – É que ficou muito fácil ter companhia, então as pessoas passaram a achar que a felicidade vem de qualquer maneira, a qualquer momento, com qualquer um. Tipo tele-pizza, a gente chama e vem. Ficou banal. Me sinto um habitante de outro planeta quando falo isso que acabei de dizer.

Ela: – Não, eu não acho. Eu também quero casar. Casar e ter filho. Um só.

Meu Deus. Foi ela dizer isso e eu derreter o último pedaço de gelo que habitava meu coração. Deu vontade de gritar: "Não seja por isso: estamos aí". Mas qualquer coisa certamente pareceria estúpida, vulgar, inoportuna, desajeitada.

Nem no churrasco, nem depois, nunca aconteceu a minha declaração de interesse, de amor, de paixão. Agora o estágio dela está chegando ao fim. Claro que poderia me valer da minha posição e ligar pra casa dela, depois de amanhã. Forçar um encontro. Inventar uma necessidade.

Já são quase seis da tarde, quase hora de ir embora, e não consigo desfazer a imobilidade, que me vence. Concluo que, a esta altura, o mais prudente é esperar pelo dia derradeiro, amanhã. Alguma luz vai me iluminar, há de acontecer a situação propícia.

Alguém bate na porta e, sem esperar resposta, entra: Gilberto. Ele me olha com um sorriso aberto e sem esperar começa:

Ele: – Tô indo embora. Mas queria te fazer duas perguntas. Posso?

Eu: – Essa já é a primeira?

Ele: – Opa, o chefe anda rápido no gatilho. Não, essa não é a primeira.

Eu: – Pode, claro que pode.

Ele: – Estás ocupado, com algum compromisso para o sábado, aí pelas seis da tarde?

Eu: – Não, acho que não. Deixa eu me lembrar. Não, não tenho nada.

Ele: – Então já tem. Vou fazer uma festa lá em casa, festa íntima, familiar.
Eu: – Começando às seis? Por quê?
Ele: – Festa especial, especialíssima. Faço a segunda pergunta e explico tudo: eu e ela vamos botar as alianças, queremos morar juntos em seguida. E nós dois gostamos demais de ti, te admiramos muito. Queres ser nosso padrinho?

Ele nem espera pela resposta: aproxima-se de mim, contorna a mesa e me dá um grande abraço, enquanto diz, com a voz embargada, que eu tenho sido um cara legal com ele, que ele tem aprendido muito comigo, que eu tenho proporcionado tantas oportunidades pra ele que, não fosse pela diferença pouca de idade, ele gostaria de me considerar um pai.

Depois afasta seu corpo, desfazendo o abraço desajeitado entre alguém que está de pé e outro que está sentado. Me olha com cara de quem está prestes a encontrar a estrada da verdade de sua própria vida. Eu não digo nada, nem ao abraço, nem às declarações, nem à segunda pergunta. Tão óbvio é tudo, que ele nem disse o nome dela. Tento organizar um sorriso, com nenhuma disposição de alma.

Ele sai da sala, não dizendo mais palavra alguma. Eu fico só, já começando a pensar em como faço para ir ao encontro dos dois, no sábado à tarde, às seis.

2002

Não havia a menor dúvida

Não havia a menor dúvida: era mesmo Galvão Bueno gritando, com sua boca estreita, que a Globo suplantaria o *bug* do milênio, através de um estratagema que colocaria o Brasil na vanguarda da tecnologia mundial.

"É muito simples, amigo da Globo. Você que tem um computador ligado à internet, você só precisa realizar a seguinte operação: no dia 31 de dezembro, perto da meia-noite, você se liga na página da Globo. Não se preocupe, a festa de fim de ano, a festa da passagem do ano, estará garantida: você e todos os amigos do Brasil, ligados na Globo, estarão unidos mais do que nunca. Todos conectados, todos plugados, numa só emoção, neste coração que é a marca de nossa campanha a favor da paz – a paz nas ruas, a paz nos estádios, a paz no coração de todos. Ligue. É o *bug* da Globo, o *bug* do Brasil!"

Depois entrava voz em off esclarecendo: "Maiores informações, ligue 0900, não sei quanto, não sei quanto".

Galvão Bueno. Não fazia muito sentido. Superar o *bug* do milênio? Congestionando a internet? Todo mundo na página da Globo? Haveria uma mensagem extraordinária? Faustão estaria comandando um *réveillon* jamais sonhado, ao vivo na tevê e na tela do computador?

*

Rosane começa a falar, logo em seguida. Linda como vinte anos antes, o corpo lindo de sempre. Me pergunta, sonolenta: "Você acredita nisso?" Eu estranho que ela use "você", ela é porto-alegrense.

Mas logo lembro que ela vive aqui, em São Paulo, há vinte anos, desde que desistiu da faculdade de Turismo, na PUC, para se dedicar somente à carreira de modelo. Fez furor a menina. Tinha os cabelos compridos, os olhos amendoados, o corpo longilíneo. Parecia desenhada a mão.

Ela pode usar "você", é claro, já está acostumada. Respondo que não sei, e é sincero. Não sei se acredito, mas não posso duvidar. A Globo é capaz de coisas magníficas. Por que não seria capaz de já ter detectado a raiz do problema do *bug*, e de já ter preparado a resolução, que ela própria daria ao mundo em grande estilo, justamente na hora em que o pânico estaria por virar realidade?

O meu "não sei" é sincero, mas Rosane parece duvidar. "Fala a verdade: você acredita ou não?" Eu penso um pouco, viro o corpo para o lado dela, cheiro o pescoço – ela ainda usa cabelos longos, não tanto como antes, mas mais compridos que a moda. Ela espicha as pernas e se ajeita melhor debaixo do lençol: "Eu duvido. A Globo não é capaz de fazer o bem". Eu suspiro e digo que pode ser: "Mas não se trata de fazer exatamente o bem, meu amor". O "meu amor" saiu sem querer. Ela então abre o jogo: "Tive um namorado que trabalhava nos sistemas de computação da Globo, e ele vivia falando coisas sobre a falta de capacidade tecnológica da Globo".

Contra este argumento, nada posso fazer. Nunca namorei mulher que trabalhasse sequer em sistemas de limpeza da Globo. Exorto a Rosane a que deixemos assim, tanto faz o Galvão Bueno dizer isso ou aquilo, a Globo resolver ou não o *bug* do milênio. "Amanhã já deve ter em tudo que é loja de equipamentos uns dez programas para fazer a mesma coisa. Eu tenho uma proposta: vamos dormir mais um pouco?" Ela sorri, condescendente, me dá as costas novamente, fecha os grandes olhos e dorme.

★

Eu não durmo. Pelo contrário, fico ligado, ligadíssimo. Examino mais uma vez o corpo de Rosane. As mesmas curvas, a mesma pele, o mesmo desenho. Os pés me parecem mais lindos do que há vinte anos. As mãos. Ela já usava unhas compridas quando tínhamos

16 anos e estudávamos na mesma sala, no segundo ano do recém inaugurado Segundo Grau, ex-Clássico. Uma diferença notável, apenas uma: o tempo. A marca que teima em aparecer logo abaixo dos olhos. A pele da mão já não é mais tão esticada. Uma barriguinha que não é mais aquela que foi saudada por Vinícius de Morais e que eu vivia repetindo para toda mulher que me interessasse – uma "hipótese de barriguinha". A barriguinha da Rosane já era fatalidade.

Temos 40 anos, mais ou menos. Rosane tem 40 feitos, quase 41; eu faço os 40 daqui a dois meses. No total, dá quase um ano de diferença. Rosane me atirou isso no rosto quanto fui tirá-la para dançar, em nossos 16 anos, em Porto Alegre, num baile de final de ano, no clube. Era talvez a primeira investida séria minha no pantanoso território da conquista feminina. Já a conhecia do colégio, estudamos ao longo do tempo várias vezes na mesma classe. Já a tinha ajudado a fazer trabalhos de Português, Filosofia e História, assuntos em que eu tinha sucesso e ela nem arriscava. Nem precisava muito: os professores das turmas em que estivesse Rosane só faltavam pedir desculpas a ela, antes de começar a aula. Não, ela não era burra. Era deslumbrante. De manhã cedo, chuva ou sol, ela dava a impressão de ter sido consultada pela Natureza antes, de forma que chegava ao colégio nas mais adequadas condições de temperatura, pressão e luz.

Estávamos no baile. Ou melhor: eu estava no baile, tentando acomodar o corpo adolescente no terno emprestado; ela estava no seu elemento. Não sei explicar, mas nela o ar de à-vontade era natural, fosse na aula de Filosofia, fosse no baile formal.

Estávamos no baile formal, e ela era soberana, num raio de algumas mesas e dezenas de pessoas. Eu estava no grupo, apenas isso. Era "da turma", daqueles que são referidos no fim da lista: "Vai todo mundo, vai o Rafa, vai a Miriam, vai o Paulão, a Marina, a Rosaura, a turma toda". Tentava fazer a minha figura, mesmo assim.

Naquele fim de ano, eu queria muito arranjar uma namorada. O verão estava a pleno, eu vivia na piscina do clube. Uma namorada era tudo o que precisava para complementar a alegria de viver – que, claro, eu ainda não sabia que se chamava assim. E o baile era das ocasiões a mais propícia.

Me aproximo de Rosane, ela me cumprimenta cordialmente, com um sorriso. O conjunto musical já fazia seu serviço. Começa a tocar uma canção do momento, numa levada legal, rápida mas nem tanto. Sem mais, pego o braço dela, aproximo meu rosto do ouvido dela (sinto o cheiro do perfume suave que usa) e pergunto: "Vamos dançar?"

Ela me olha, com olhar divertido. "Ah, ainda não. Tem pouca gente dançando ainda. Depois, talvez. Tá?" E sorri. Eu recuo, humilhado. Procuro logo uma brecha no grupo compacto que se forma em torno da mesa e escapo em direção ao bar. Encontro alguns conhecidos, mas só saúdo de longe. Tenho a impressão de que todos me olham e todos identificam a tábua que acabo de tomar. Devia estar na minha cara.

Fico no bar por uma eternidade, que na contagem normal das horas deverá ter equivalido a uns dez minutos. Cogito ir embora, inventar uma dor súbita, um compromisso familiar inadiável. Mas acabo ficando. Outra menina do colégio, moreninha, tipo brejeiro, simpática e agradável, talvez interessada em mim, me enxerga e se aproxima. "Oi." Abre um sorriso que pede, pede, pede. Quer atenção. E promete toda a atenção, pelo resto da noite.

Sou tentado a achar que a moreninha, Sílvia, pode ser a namorada de verão que preciso. Por que não? Dou assunto para ela, cuidando para me certificar de que ela desconhece o "não" delicado que acabara de levar: "Que elegante este vestido". Ela agradece: "E este traje todo? Nunca tinha te visto assim, tão alinhado. Tu ficas bem assim. Não é só com as tuas roupas de hippie". Sinto que é sincero o que ela diz, inclusive a flexão do verbo, "ficas", que só ela, em todo o estado, em todo o país, usa cotidianamente. Mas Rosane não me sai da cabeça.

Termino minha bebida, gin-fizz, e penso numa maneira de sair sem magoá-la. Quero voltar ao salão, para amargar a minha derrota a preceito. Quero ver com meus próprios olhos Rosane dançando com outros caras, certamente mais velhos que eu, certamente já usufruindo do carro dos pais, alguns talvez já na faculdade. Sílvia podia vir a ser tudo, minha namorada de verão, minha namorada de muito tempo, minha esposa, mãe de meus filhos, tudo. Mas minha cabeça só enxerga Rosane.

Digo para a Sílvia que fiquei de me encontrar com uns amigos no salão, às (olho o relógio), exatamente agora. "Depois a gente se vê." Ela desarma o sorriso. Quase escuto o barulho do rosto ao sair do sorridente para o normal e daí para o acabrunhado. Não viro para trás: meu destino está selado.

Me aproximo do salão cauteloso, mas com o coração acelerado. Descortino o ambiente. Sou alto, desde os 13 anos sou bastante alto, por isso jogo basquete no clube e no colégio. Estou esquadrinhando o cenário, em busca de Rosane. Olho, olho, olho. Na pista, parece que não está. Ou não começou a dançar, ou quem sabe já se engatou com algum cara, está no bar, tomando uma bebida paga por ele. (Quem me dera o prazer requintado de pagar uma bebida para ela.) Olho para o lado da mesa em que estivemos, para o local do crime que ela cometeu contra mim: nada. Vejo outras gentes, "da turma" como eu. Uns me veem, eu pisco o olho, cúmplice, querendo insinuar "por aqui tudo tranquilo, estive bebendo com amigos e volto à luta, não se preocupem comigo, câmbio e desligo".

Depois de uns minutos de poses e mais poses minhas, todas querendo disfarçar meu verdadeiro intento de encontrá-la, concluo que ela não está. Me aproximo de uma coluna, perto de onde estou, do lado da pista de dança, e me encosto, para afetar serenidade, a mesma que não tenho. Estou parado ali, ouvindo uma nova música, a que presto atenção. É uma melodia agradável, talvez Bee Gees. Quase me desligo, compenetrado na letra. Nisso, um braço passa por minha cintura, vindo de trás. Eu viro a cabeça na direção do corpo daquele braço e vejo: Rosane. Ela pergunta: "Quer dançar comigo?"

O sangue ocupa todo o meu corpo instantaneamente. Olho para o rosto dela, lindo e malicioso como só ela sabia ter, e digo, sem pensar: "Não". Eu rio, ela ri, me toma pela mão e vamos dançar.

*

Temos de novo quarenta anos, estamos na mesma cama. Rosane ainda tem os mesmos encantos. Já teve dois filhos, está separada pela segunda vez. Eu não tive filhos, mas também estou separado pela segunda vez. Estou em São Paulo para um congresso, e o Acaso me brindou: encontrei uma antiga colega nossa, de colégio e de clube, trabalhando como Relações Públicas da empresa que agencia o encontro. Foi nos vermos e ela me perguntar por todos, pela cidade que deixou há dez anos, pelos antigos colegas. Perguntou se eu continuava a ver a Rosane. Respondi que não, havia talvez vinte anos que tinha perdido totalmente o rumo dela. Só sabia pelas campanhas de tevê e de revistas que ela fazia, como modelo. "Revistas femininas, ela continua a fazer", me comentou. "Você sabe que agora as modelos de 40 têm espaço? Estão abrindo várias publicações especializadas na mulher madura". Eu disse que sabia, mais ou menos, embora não fosse exatamente o material que me interessasse. "A Rosane continua estourando por aí", ela continuou.

Como que sem interesse, pergunto: "E tu, tens visto a Rosane?" "Mas claro, a gente continua super-amiga". Uma luz acendeu. "Te dou o telefone dela".

Liguei, saímos, paguei uma bebida e um jantar para ela, estamos aqui. Na casa dela, com a televisão ligada não sei bem por quê. Daqui a cinco horas, devo apresentar meu trabalho no congresso; daqui a um dia, retorno a Porto Alegre.

*

Começamos a dançar e ela me desafia: "Eu tenho quase um ano a mais que tu. Sabe, eu comentei com a Lina – sabe a Lina, da 202, que tá de vestido verde? –, comentei com ela que um cara como tu não importa a idade, que a tua altura é suficiente". Eu nem sei o que dizer. "Quer dizer que só pela altura é que nós estamos dançando?" Eu realizava, ali, vários sonhos, simultaneamente. Dançava com a mais linda guria da festa, e mais que isso, conversava com ela parecendo desembaraçado, parecendo natural, tal como eu via os caras mais velhos fazerem. Ela sorria, passava um dos dedos pela nuca e abria os cabelos ao mundo, num gesto muito seu.

"Não só pela altura, é claro." "E por que mais?" Eu ainda queria me vingar da recusa anterior, ou estava querendo o quê, com aquela conversa? "Porque eu te acho um cara bacana." Sentindo que tudo estava a meu favor, quis mais: "Mas bacana como?" "Bacana, ué, um cara com quem a gente tem vontade de conversar, de bater papo, de sair. Entende?" Mais ou menos.

Ficamos juntos dali por diante. Não com essa facilidade de hoje. Naquela altura, "camisa de vênus" era palavrão, não entrava em casa de família. Dançamos mais um tanto, fomos ao bar beber. Depois, levei-a a pé até em casa, junto com outros, "a turma". Um beijo no rosto, de despedida; no ar, a promessa, que ela não fez mas eu estipulei, de que as coisas não parariam por ali.

Dias depois houve um grande jogo de tênis, no mesmo clube. Torneio internacional. "A turma" foi. Logo arranjei um jeito de ficar ao lado dela. Já estava ficando natural, aliás, eu conversar com ela, na piscina, nos *garden-parties* que se faziam. De algum modo que até hoje não sei se inventei, se ela inventou, se arranjaram para nós, o certo é que calhou de ficarmos os dois, numa arquibancada escura, vendo o jogo, nós dois acima de todos os outros. Os últimos.

Ali Rosane me concedeu prazeres que eu não suspeitava. Segurei sua mão logo ao início. Ela, em lances mais sérios do jogo, agarrava a minha mão com suas duas mãos. Voltávamos a encostar, quando o jogo serenava. Eu passava o braço por seu ombro. Toquei seu seio, por cima da blusa, um pouco experimentando aquele macio inusitado e tão esperado, um pouco acarinhando sua pele. Em certo momento, culminante, ela pôs uma das mãos no meu colo, entre as pernas, com estudado desdém. Olhei para ela nesse instante: fixa nos gestos dos tenistas e no curso da bolinha.

*

Naquele jogo nada aconteceu, isto é, tudo aconteceu. Não transamos, nem naquele dia, nem depois, mas hoje. Rosane, agora, com sua mão de 40 anos, acaricia minha perna. Nenhuma palavra sobre o que não fizemos, nenhuma palavra sobre o que fizemos. A vida é agora, ela parece dizer, com a mesma sabedoria que já tinha antes.

É dezembro, está quente. Passo a mão por seu ombro, que encolhe. Ela acorda, levemente. "Você ainda tem quase um ano menos que eu". Eu concordo e fecho os olhos, pra dormir um pouco.

2002

Porto Alegre, hoje de noite

Oi

Se for o caso de não se incomodar, nem lê isso aqui.

Tem umas quinhentas coisas que eu queria te dizer, que eu queria que tu ouvisses, que estão aqui bem no meio da minha garganta. Quem sou eu: um cara de 36 anos, que está em casa hoje, às dez da noite, profundamente infeliz. Estou me fazendo de vítima, mas da vítima que eu sou, nesta circunstância. Está uma bosta isso tudo. O desamor. Uma merda.

Não vou ficar repetindo que tu tens todo o direito de qualquer coisa, que tu tens toda a razão do mundo. Não vou ficar repetindo que tu tens todo o direito de qualquer coisa. Não vou ficar repetindo. Não vou. Tu sabes, eu sei. Nem vou ficar dizendo que a gente sobrevive. A gente sabe.

Sobrevive com mais cicatrizes, mas quem mandou.

Tua vida está mais parecida com os teus preconceitos, agora; mais parecida com a tua incapacidade de gostar do que não é igual a ti e às tuas desafeições infantis (que permanecem, não vem com essa). Tu preferiste – que chatice usar as terminações corretas dos verbos da segunda pessoa, mas não vou te dar o mole de escrever na língua dos afetos diários, tu vai ver – tu preferiste agora ficar com teu namorado e com tuas amigas, que te fizeram a cabeça a favor de si mesmas e dessa espécie de adolescência estúpida que tu escolheste, contra a vida adulta. Tens o direito cósmico. É uma patetice, mas um direito. Garanto que tuas amigas são absolutamente solidárias com tuas dores agora, porque tu és uma mulher querida e afetuosa, que deve estar dando para elas um carinho que elas nunca tiveram. O teu namorado também. Sei disso, porque experimentei.

Tua bobagem de imaginar que eu precisei da Míriam para me desabafar... Só na tua cabeça uma tolice dessas pode se criar. Ideia de jerico, parecida com as que certamente tuas amigas têm, teu namorado tem. "Família alternativa", eles? Então tá. (Teve vezes em que tu vinhas me dizer que me defendias contra a opinião dos outros. Besteira, mentira. Eu soube várias vezes que tu não só não me defendias como me atacavas. E a tua soberba não te deixava ver a tolice, ou não te ensinava que eu podia ter também outras fontes de informação. A classe média é pequena, minha, tudo se sabe em dois dias. Desta vez deve ter sido pior, mais cruel: as tuas amigas, algumas delas certamente por desafeição bem compreensível, devem ter se regalado com as tuas considerações a meu respeito. Oquei, é da vida.)

Não sei localizar bem o que mais me dói. A privação do teu carinho, do teu calor, da nossa lascívia (vou usar essa palavra mais elegante, para não falar diretamente naquele sexo feroz e sensacional), dos nossos sonhos. Tudo isso. Que dor ruim. (Pela tua raiva de agora, depois que leste os desaforos aí de cima, deves estar dizendo bem feito. Bem feito.)

Bem feito contra quem?

Fui eu que evitei esgotar todas as possibilidades de dar certo? Tinha mais coisa pra fazer, e eu não me dei conta? Fui eu que quis me isolar? Tudo o que te fiz sofrer era um plano, que nem eu sabia que existia?

Nessa merda em que estou, só me ocorre agora fazer um poema, que eu não fiz. Assim (com destaques meus mesmo):

Sinto que o tempo sobre mim abate
sua mão pesada. Rugas, dentes, calva...
Uma aceitação maior de tudo,
e o medo de novas descobertas.

Porto Alegre, hoje de noite

Escreverei sonetos de madureza?
Darei aos outros a ilusão de calma?
Serei sempre louco? sempre mentiroso?
Acreditarei em mitos? Zombarei do mundo?

Há muito suspeitei o velho em mim.
Ainda criança, já me atormentava.
Hoje estou só. Nenhum menino salta
de minha vida, para restaurá-la.

Mas se eu pudesse recomeçar o dia!
Usar de novo minha adoração,
meu grito, minha fome... Vejo tudo
impossível e nítido, no espaço.

Lá onde não chegou minha ironia,
entre ídolos de rosto carregado,
ficaste, explicação de minha vida,
como os objetos perdidos na rua.

As experiências se multiplicaram:
viagens, furtos, altas solidões,
o desespero, agora cristal frio,
a melancolia, amada e repelida,

e tanta indecisão entre dois mares,
entre duas mulheres, duas roupas.
Toda essa mão para fazer um gesto
que de tão frágil nunca se modela,

e fica inerte, zona de desejo
selada por arbustos agressivos.
(Um homem se contempla sem amor,
se despe sem qualquer curiosidade.)

Mas vêm o tempo e a ideia de passado
visitar-te na curva de um jardim.
Vem a recordação, e te penetra
dentro de um cinema, subitamente.

E as memórias escorrem do pescoço,
do paletó, da guerra, do arco-íris;
enroscam-se no sono e te perseguem,
à busca de pupila que as reflita.

E depois das memórias vem o tempo
trazer novo sortimento de memórias,
até que, fatigada, te recuses
e não saibas se a vida é ou foi.

Esta casa, que miras de passagem,
estará no Acre? na Argentina? em ti?
que palavra escutaste, e onde, quando?
seria indiferente ou solidária?

Um pedaço de ti rompe a neblina,
voa talvez para a Bahia e deixa
outros pedaços, dissolvidos no atlas,
em País-do-riso e em tua ama preta.

Que confusão de coisas ao crepúsculo!
Que riqueza! sem préstimo, é verdade.
Bom seria captá-las e compô-las
num todo sábio, posto que sensível:

uma ordem, uma luz, uma alegria
baixando sobre o peito despojado.
E já não era o furor dos vinte anos
nem a renúncia às coisas que elegeu,

mas a penetração no lenho dócil,
um mergulho em piscina, sem esforço,
um achado sem dor, uma fusão,
tal uma inteligência do universo

comprada em sal, em rugas e cabelo.

O autor geral é o Drummond, eu sei que tu sabes, mesmo porque ficou contigo aquela edição da Aguilar, com a obra completa. Só que eu fiz uma pequena modificação, coisa pouca, apenas uma letra minha, em um lugar que não vou te confessar. Tu vais achar logo? Se chama "Versos à boca da noite", esta noite como a minha agora.

Te odeio. Sinto muito tua falta, Espelho Quebrado. Quanto a me sentir velho (e tu esta flor de juventude, que tu não vês como viver comigo), estou pelo menos em boa companhia, tenho certeza: ele me ajuda, o velho Drummond, velho de nascença, como eu.

Devo te procurar? Tu quererás me ouvir? Eu devo? Tu deves? Que merda é esta em que se transformou a paixão e o amor, que nos prometemos há tempos e que parecia voltar agora? Desta vez tu quiseste a morte. Desta vez eu quis a vida. Que merda.

Como fica aquela conta otimista, de que daqui a alguns anos a gente faria contas redondas, "quinze anos, com um intervalo"?

Não fica.

Tchau.

2002

Duas irmãs

O verão e suas cenas inusitadas. Agora mesmo, vê se pode: dez da manhã, estou na sacada, tomando um sol de novembro, mas parecendo de janeiro alto, sentado numa confortável espreguiçadeira, tomando mate e olhando a paisagem que daqui se vê. Vejo um canto inteiro da piscina do prédio, mas não me dá vontade de ir até lá. Amanhã, talvez. Daqui a pouco tenho de tomar banho, ir na faculdade entregar uns trabalhos que corrigi, os alunos devem estar esperando.

É a segunda vez que vejo essa tal Ju tomando banho de sol desde que começou a esquentar. É uma mulher interessante. Loira, e loira natural, corpo agradável de ver, talvez de tocar. Dá a nítida impressão de que seus quem sabe trinta anos não fizeram ainda nenhum estrago na carne. Dá um caldo, penso. Ela abana para o filhinho, que terá seus cinco anos, não mais. Uma mulher de ficar olhando. Nunca vi ao certo se é casada, parece que é. Mora no quinto andar, cruzo com ela de vez em quando no elevador, cumprimento, ela abre um sorriso discreto, talvez neutramente educado, nada de especial, nada que sugira alguma abertura, alguma preferência, alguma insinuação de convite. Bem que podia. Bem que eu gostaria.

Já vi um sujeito com ela e com o menino. O pai do menino. O pai? Como saber. Há tantas modalidades de família hoje em dia. Vá alguém se fiar em aparências, em sugestões de aparência. Ela tem cabelos longos e bonitos, de revista. Imagino ela pedindo para o cabeleireiro fazer um corte igual ao de alguma modelo de revista. Farrah Fawcett, se fosse vários anos atrás. Não, o cabelo dela é menos armado que o da mulher do Cyborg, menos americano, mais europeu, mais discreto, apenas ligeiramente encorpado. Ela passa a mão nos cabelos, depois de tomar um gole de água de uma garrafa que está na sombra, debaixo de sua cadeira de sol. Ela ajeita o corpo na cadeira. Ela arruma os óculos escuros. Ela ajusta a pequena tira lateral do biquíni, na altura do quadril, passando o dedo indicador da mão esquerda por dentro dela. Deve estar colocando a tira exatamente sobre a marca do bronzeado.

    É uma mulher e sabe que é. Mulher perigosa. Mulher interessante.

    Mesmo debaixo do chuveiro não consigo me desfazer da imagem dela, da Ju, ajeitando o biquíni. Ela sai da cadeira, vai até a beira da piscina, faz um carinho na cabeça do filho. É a mulher mais linda do condomínio, uma das mais lindas de toda a vizinhança. Ela volta para a cadeira e olha na minha direção – mas isso já é imaginação, estou na ducha, refrescando o corpo, minha cara debaixo do jato d'água, assopro pela boca para afastar a água, encho a boca com ela e cuspo molemente. A Ju também pode estar agora na ducha.

    Saio, volto para a sacada e não: ela ainda está ao sol. Na mesma posição. Passa horas ali, parece não se incomodar com o calor, com nada. Deve ser feliz. Deve gostar de se fazer bonita para o cara, para o talvez pai do menino, que deve aparecer, que talvez more com ela, ou quem sabe talvez seja apenas um convencional amante. Não, o cara não é pai do menino. Ju é mãe solteira, o sujeito este ela deve ter conhecido depois, quando trabalhava num banco, como secretária de um diretor, ela sempre bem apresentada, ele bem apessoado. Ele pode ser o próprio gerente, o próprio diretor, a quem ela servia. Outra possibilidade: ela secretária de um advogado de banca famosa e rica. Daí ele propôs que saíssem, ela contou da vida, falou do filhinho amado, ele se interessou, eles esticaram a noite e transaram. Ela maravilhada com ele, ele maravilhado com ela.

    No dia seguinte, ele propõe claramente: que ela pare de trabalhar, ele continua pagando o salário que ela ganhava, mais alguma coisa. Ele empresta um apartamento seu, sem luxo mas num condomínio bem aparelhado, piscina e tudo, num bairro legal. Ela aceita, radiante, já se imaginando no novo lar, tudo arrumado a seu gosto. Sem precisar trabalhar mais. Ele passa a pagar também as despesas do menino, por quem desenvolve um sentimento de doçura, quase de companheirismo. Depois é que ele esclarece: já é casado, tem mulher e duas filhas, mas não tem problema, pelo menos por ele. Ela não imaginava coisa muito diversa, e diz que por ela também não. Não tem problema.

Já está na minha hora de sair, e abandono a fantasia sobre a vida da Ju. Me prometo prestar mais atenção nela, para descobrir nos mínimos gestos dela e deles, o filho e o cara, o quê, de fato, acontece. Vou mais uma vez até a sacada, já arrumado para sair, e ainda a vejo. Tenho o desejo secreto, que já admito, de que ela me olhe, que olhe para cá. Fico uns instantes esperando pela novidade, pelo torcer do pescoço, pelo levantar dos óculos de sol, pelo abanar da mão, pelo encolher da perna, delicadamente, estudadamente, na cadeira. Nada disso acontece. Saio, fecho a porta, vou à garagem, abro e ligo o carro, ligo o cdplayer, ganho a rua.

Estou de volta, em casa. É noite. Penso mais uma vez na Ju. Que nome terá ela? Sei que a chamam Ju, simplesmente, nem lembro de quem ouvi pela primeira vez a sílaba-nome, talvez do vigia, "Dona Ju". Juçara? Jussara? Jurema? Judite? Judith? Jucilene? Ju-o-quê? Preferiria Judith, nome antigo, em extinção. Me parece cabível. Mas hoje em dia uma amante chamada Judith é uma impossibilidade total. Fosse vinte, trinta anos atrás, uma amante poderia ser Judith, Olga, Nair. Hoje não.

E eu nem sei se ela é amante de alguém. "Amante", a própria palavra, é de um anacronismo absoluto. O cara é namorado dela. Pronto. Namorado quer dizer qualquer coisa: namorado, interessado, amante, caso, coronel. Bem, pelo tempo que a Ju dedica ao corpo e ao filho, me parece claro que não trabalha. Alguém a sustenta. Se fosse o caso de ser sustentada por alguém com herança gorda e eterna, ela não moraria aqui, ou não teria o jeito que tem, de suburbana correta. Para ser beneficiária de herança gorda, deveria ser mais refinada, menos afeita a afazeres banais como tomar banho de sol todos os dias nesta época. Deveria ser mais aristocrática. Não usaria o biquíni amarelo forte que usa. Não teria a pele tão bronzeada.

Esta mulher ocupa minha cabeça bastante. Estarei interessado nela? Consulto todos os sentidos e sentimentos e concluo que não. Claro, não a expulsaria de minha cama, mas isso não quer dizer interesse. Minha namorada me parece bem mais interessante, bem mais cabível, bem mais mobilizante. Aos 40 anos, separado, sem filhos ou dívidas maiores, bem aparelhado de discos e livros, não espero mais muita coisa do assim chamado amor. E está bem assim, até prova em contrário.

Nova manhã, de novo na sacada, a mesma Ju está se acomodando na mesma cadeira, para tomar o mesmo sol, mais uma vez. (Daria até para um derivativo poético: o sol não é o mesmo todos os dias, como o tempo e como o rio pré-socrático, que é sempre outro e se esvai em direção à eternidade. Essas coisas.) O filho não veio junto. Claro, o padrasto o levou para... para o médico. Não, para o médico ela teria ido junto, é mãe cuidadosa, carinhosa. Para o colégio? O amante passou e disse: "Ju, vou levar o ... comigo, deixa que eu levo ele no barbeiro". Não. O verdadeiro pai vem uma vez por semana e leva o menino para o convívio de seu novo lar: nova mulher, com quem tem um outro filho, e faz questão de que os irmãos se conheçam, convivam.

Sei lá. O menino não está, isto é tudo. Boa hora para eu ir até lá, até a piscina, chegar casualmente, quem sabe levando o mate, um livro. Sentar perto dela, não tanto que pareça cantada, não tão longe que pareça indiferença, muito menos covardia. Vou até a cozinha, ultimo o mate, volto para a sacada: há uma outra mulher com ela. De roupa. De roupa? Loira como ela, mas sem trato nos cabelos, que pelo contrário são ruins, visivelmente piores que os da Ju. Ela é um pouco mais alta que a Ju. Está de costas para mim, de pé ao lado da cadeira onde Ju espicha sua anatomia agradável e provavelmente gostosa de tocar. A mulher que chegou usa calça jeans velha, camiseta simples, chinelos de borracha. Tem talvez a mesma idade da Ju. Carrega... um balde! É uma faxineira, uma serviçal. A empregada da Ju, que veio buscar alguma especificação para o almoço. O homem da Ju vem almoçar, e a empregada veio saber se é para preparar algo especial. Se precisa ir ao supermercado, se é pra pôr cerveja no freezer.

Mas se ela fosse empregada da Ju, o que estaria fazendo com um balde na mão? Nenhuma empregada doméstica sai por aí com um balde na mão. Não, não é empregada doméstica. É faxineira do condomínio, deve ser. Nova faxineira, porque nunca a vi. Engraçado que, pelo porte, podia ser irmã da Ju, prima dela. A faxineira tem diferenças marcadas, especialmente uma diferença física: parece meio encurvada no alto das costas. Os pés parecem voltados para dentro, não pouco. As espáduas parecem mais largas do que deveriam, numa mulher feminina. Com a roupa toda que está não dá para saber com certeza, mas é de apostar que tem cintura mais grossa, ou menos fina, que a da Ju. A novata virou de lado: o queixo é meio proeminente, tem cara de italiana da colônia, italiana loira, de um loiro totalmente sem graça. Ela olha agora para um ponto do lado de cá, para onde a Ju aponta o longo dedo do braço amorenado pelo sol. Gesto delicado, estudado, e tanto e tão bem calculado que parece natural.

A faxineira sai de perto dela, caminha arrastando um pouco os pés, que de fato são virados para dentro. Pés grandes. A Ju não, tem o pé fino e bem menor, pelo menos parece. A Ju deve tratar bem aqueles pés. O cara deve gostar de pés, como eu e 112 por cento dos homens, então ela capricha, lixa, faz as unhas, passa cremes, escolhe sapatos adequados, que ressaltam as virtudes e minimizam os eventuais defeitos. Saltos altos. Ela nua, só de sapatos altos e bem abertos, recebendo o amante, o namorado, o marido, o ex-chefe, o sujeito que a sustenta, que paga o colégio do filho, que lhe paga as roupas, que transa com ela loucamente, dá prazer àquela fêmea.

Claro que não fui, acabei não indo até a piscina, com o mate que acabei de fazer e que tomei aqui mesmo, sozinho. Não por nada. Aliás, por uma coisa: falta de motivo que pudesse ser alegado. Constrangimento? Preferência por olhar de longe e imaginar sua história, sua beleza, seus encantos. Sim?

Temo estar ficando obsessivo com a Ju. Por que não a procuro claramente, como vizinho? Já cruzei com ela algumas vezes, no elevador e na entrada do prédio, desde que ela se instalou na minha cabeça. Só cumprimentos e sorrisos protocolares. Nenhuma palavra, minha ou dela. Hoje é domingo, estou voltando agora para casa, já tarde da noite. Não a vi, nem a busquei. Não sei se o cara dela, o amante, o namorado, esteve ou não aqui neste fim de semana. Talvez tenha estado. Talvez tenha aproveitado para ir com ela a lugares interessantes. Deve tê-la feito feliz, afetiva, social e sexualmente.

Nunca me ocorreu a possibilidade de ter uma amante, uma namorada assim. Falha na formação. Quando estava me preparando para a vida adulta, só havia um caminho no meu horizonte ético: dar um jeito de namorar a mulher certa, casar com ela, fazer a vida. Foi o que fiz. Mas deu errado. Nos separamos há alguns anos, e o sonho foi postergado, quem sabe por quanto tempo, quem sabe se para toda a eternidade dos meus máximos oitenta anos.

Ontem vi o sujeito bem de perto. Eu estava estacionando o carro, quando ele entrou com o seu carro, um modelo importado e bonito segundo os atuais padrões do consumo. Será bonito também aos olhos da Ju? Às vezes já a idealizo, querendo-a tão anticonsumista quanto eu. E no entanto ela é fútil, cotidiana e tributável, com toda a certeza. É uma mulher de acordo com a história que montei para ela: vinda do interior, para fazer a vida na cidade grande, ela arranja logo emprego no banco, como secretária. Tem o segundo grau incompleto, mas está disposta a concluí-lo. Quer (ou quis) estudar Psicologia, ou Pedagogia. Gosta muito de trabalhar com crianças, quer ajudar a humanidade e quer livrar a própria cara, não necessariamente nesta ordem. Saiu da casa dos pais, que ainda moram numa cidadezinha a cento e poucos quilômetros de Porto Alegre, antigos colonos que abandonaram o campo para viver em casa com luz elétrica e calçada regular, sem aquela terra vermelha que entranha os pés, as mãos, a alma do agricultor, e que muitas vezes é vista como um defeito até de caráter.

Saiu, de fato, da casa dos pais, e saiu mais ou menos brigada. Porque vinha levando um namoro algo escandaloso com um tipo nada recomendável da cidade, com quem já transava desde os 16 anos. Mas o sujeito não queria casar, contra as previsões e desejos da mãe da Ju, que achava que o mundo tinha uma ordem certa, a ser mantida. A Ju então, tomada de iniciativa e percebendo que aquele namoro não tinha qualquer futuro, escreve para uma prima que já morava em Porto Alegre, pede pouso por uns tempos, e vem.

No banco, suas qualidades de atenção e sua beleza logo chamam a atenção. Mais de um pretendente se apresenta, mas ela nada mais faz do que sair socialmente com um ou outro deles, porque não é vulgar, especialmente não quer parecer vulgar, fácil. Aí começa o namoro com o cara. Que era o próprio seu chefe. Que faz um filho nela. Ou ela já teria o filho antes?

O filho já era de antes. Foi fruto de um namoro fulminante com um caixa do banco, um sujeito bem apanhado, que parecia à Ju a própria encarnação da vida urbana moderna. Ele tinha carro e casa na praia, era moreno, jogava futebol com amigos nos sábados, sabia assar churrasco bem, tomava uísque, tinha cabelos no peito, era sociável. Tinha muitos amigos. Ju sai com ele algumas vezes e logo está sonhando com o casamento. Engravida. O sujeito a renega, delicada mas firmemente. Diz que não está preparado para o casamento. Ela insiste em ter o filho, contra os apelos dele para um aborto. Ele, dignamente, lhe diz que ajuda a sustentar, assume a criança formalmente, mas não quer mais nada. Ela se resigna e, calculando tudo, acha que está bem assim.

Ela lê muita literatura de autoajuda, astrologia, anjos, cabala, repertório adquirido na cidade grande. Ganhou a certeza de que está protegida pelo Destino, deduziu isso de seu mapa astral, confirmou tudo com um anjo de plástico cor-de-rosa que ganhou de uma colega meio bruxa. Já levou mais fé em duendes, mas ainda mantém um sobre a penteadeira. Seu filho virá na hora certa. E isso servirá para selar o destino: não voltar mais à sua antiga e maldita cidade, à sua família, àquele mundo acanhado. Já é uma mulher da cidade grande. Já descobriu os truques básicos do vestuário, da maquiagem, do comportamento.

Ou não? O filho é herança maldita daquele namorado aproveitador lá de sua terra natal. Ela descobre-se grávida ainda lá, a família a maldiz, o namorado a rejeita e foge da cidade, ela assume o filho. Ao chegar em Porto Alegre, já é uma barriguda feliz e temerosa do futuro. Quando aparece o emprego no banco e a salvadora cantada do chefão. Ou então na outra hipótese: ela trabalhando de secretária daquela banca de advogados poderosos, e um dos sócios a cerca, dá presentes, convida-a para sair – e se tornam amantes oficiais, ele sustentando-a etcétera e tal. Minha imaginação está vizinhando com romance barato.

    Parece certo que o filho não é de seu atual namorado, do cara que paga as despesas dela e aparece só de vez em quando. O guri, visto de perto, tem cara de outra coisa, sei lá qual, de quem. Ele simpatiza comigo. Sempre que passo por ele, ou ele me sorri, ou não me hostiliza – e essa acolhida bem que poderia servir como ponto de partida para chegar mais perto de sua bela mãe.

    Agora mesmo, por exemplo: são seis da tarde, e eu poderia inventar alguma coisa e ir até lá, no apartamento dela. Poderia? Na maior? Sim, mas o que diria? "Oi, pensei em vir aqui falar contigo, te acho tão interessante, eu também sou, sabe como é, duas solidões que se encontram". Que fracasso sou eu nesses misteres da conquista amorosa. (E já me corrijo: "conquista" é coisa fenecida, e provavelmente repudiada pelo feminismo.) Não, não seria capaz de ir até lá.

    Agora é manhãzinha, sete e pouco da manhã, alto verão, temperatura prenunciando um dia de calor de derreter os miolos, e eu em véspera de sair de férias. Acordei à toa, cedo como não costumo. Não tenho o que fazer, nenhum compromisso para hoje ou os próximos dias salvo terminar de arrumar a mala e zarpar para o litoral, com a namorada, que deve me ligar perto do meio-dia, e vamos almoçar, e vamos comprar centenas de coisas inúteis ou vagamente aproveitáveis para levar para a praia, e eu vou me irritar um pouco, mas ela vai fazer aquele sorriso encantador que me quebra, e bem. Resolvo descer o lixo, porque não vou produzir mais nada de orgânico nas horas que antecedem a viagem.

    O destino arma as coisas assim, sem que a gente entenda por quê: no pequeno hall que fica diante do quartinho das latas de lixo – tudo separadinho, que a prefeitura nos ensinou direito –, quem eu encontro conversando? A Ju e a faxineira. Abre-se a porta do elevador e as duas me olham, e eu olho para a Ju, demoradamente, exclusivamente, até que a outra, a faxineira, toma a iniciativa e me estende a mão direita dizendo: "Esse eu não conheço ainda. Muito prazer, eu sou a Josênia, Jô, para simplificar. Sou a nova faxineira do prédio, já vi o senhor por aí mas nunca tinha me apresentado. Prazer". Ela parece muito mais desembaraçada no trato do que eu poderia supor, vendo-a de longe como até então.

"Oi, mas 'o senhor' tá no céu", eu respondo, fazendo a velha piada. Pensei até em espichar a conversa sobre religião e tal, mas me contive na hora certa. Porque a Ju toma a palavra: "A Jô é gente muito boa, e eu também. Prazer, sou a Ju, a gente se conhece de vista e de passagem, mas nunca fomos apresentados". Outra desembaraçada, outra mulher que é mais rápida do que eu imaginava. E confirmo umas quantas impressões da observação à distância: de fato é rija de carnes, é bastante alta (tipo um metro e setenta), linda de ver, mãos suaves já a essa hora da manhã. E refaço outras: o cabelo é loiro pintado, deu para ver as raízes mais escuras. Nada grave.

"Bom, eu vou subir que tenho que fazer o meu café", diz a Ju, que começa a movimentar seu corpo para diante, obrigando-me a um pequeno giro para dar passagem a ela; diz "Até logo, foi um prazer", e entra no elevador de que eu saí e que estava ali ainda, a um toque; viro-me inteiro para o lado dela e sorrio, querendo que no rosto consiga expressar o quanto... o quanto fantasio com ela? Mas isso ela deve saber, as mulheres sabem, já nascem sabendo: ainda esses dias um amigo me contou uma cena de sua filhinha, de exatos três anos, que já se exibia ao espelho, pedindo e esperando que o pai passasse por trás dela enquanto ela escovava os cabelos, de forma que a pequena podia controlar a sua imagem e a cara do seduzido, no mesmo lance.

Me resta a Josênia, a dura realidade da Jô, diante de mim, sorridente, queixo prognata, da minha altura quase, um tanto maior que a Ju, desgraciosamente encurvada, os pés feios em chinelos de borracha velhos. Sorrio para ela o resto do sorriso que tinha restado e movimento o corpo na direção das latas de lixo, dentro do quartinho; a Jô está à porta.

"O senhor é professor? É escritor?" "Sim, as duas coisas", digo, tentando logo localizar de onde ela tirou essas conclusões. "Sempre vejo o senhor, quer dizer, você, com livros, lendo na sacada, saindo com papéis, recebendo revistas pelo correio, por isso pensei", ela esclarece sem que eu tenha perguntado. "E a Ju também tinha essa impressão", ela diz, e a minha espinha recebe aquela característica descarga elétrica das situações de forte emoção. "A Ju?", eu pergunto, tentando ao máximo não ser óbvio a ponto de deixar entender que é dela que se ocupa meu pensamento, não daquela que está diante de mim. "É, ela ainda agora mesmo me falou que viu o senhor, você, com um romance que ela quer muito ler, parece que é americano o autor, Auster". E como a Jô sabe o nome do Auster (que ela diz assim mesmo, à brasileira, auster, não óster)? "Eu também gosto muito de ler", arremata a Jô. Já não sei bem o que pensar.

Não demorei lá em baixo mais do que o tempo de terminar a breve tarefa de descarregar o lixo, e voltei para cá, para casa, para o conforto do meu ponto de observação. Até agora, tudo era fruto da minha imaginação; agora, tenho uma relativa abundância de fatos concretos: tamanho, forma, cheiro, até sotaque das duas (a Ju parece falar com um sotaque desmarcado, nem parece exatamente gaúcha, enquanto a Jô fala arrastando algumas consoantes ou abreviando outras, como quem aprendeu o português num ambiente marcado pelo italiano). Tive ainda tempo para ouvir da Jô a sumária apresentação de seu próprio filho: "Se o senhor encontrar por aí um gurizinho com a minha cara, pode ficar tranquilo que é o meu filho mesmo; ele se chama William e tem oito anos. É um bom guri, querendo o senhor pode conferir". Isso e um sorriso, o mesmo de quando cheguei ao pequeno hall e que ela manteve durante todo o tempo.

Me dou conta agora de que não pronunciei o meu nome. As duas disseram cada uma o seu, e eu nada. Por quê? Timidez? Falta de reação adequada na hora, provavelmente. A Jô perguntou se eu era professor ou escritor e eu disse que sim, as duas coisas, mas nada além disso. Perdi uma chance de criar uma presença mais forte junto à Ju: com meu nome na memória, ela poderia fantasiar como eu, "E agora o Gustavo deve estar lendo um dos seus intermináveis livros, enquanto eu fico aqui, sozinha e querendo companhia". Não, ela não vai pensar assim, tão próximo do meu sonho.

Saio para a praia, como previsto, e passo uns quantos dias de férias sem ver Ju ou Jô. Bons dias de descanso físico, minha namorada e eu, acompanhados por aquela infinidade de coisas de duvidosa necessidade que ela insistiu em trazer junto – por mim, seriam os livros e comida para subsistência, e mais nada.

Chego em casa, de volta, no fim de uma noite de domingo, depois de enfrentar um trânsito homicida, ou que desperta desejos homicidas, mais do que o dobro do tempo necessário para vencer a distância daqui até o litoral. Antes, deixo a namorada em casa. Finalmente, entro de novo no meu apartamento, o mesmo e bom cheiro, as coisas todas no lugar, e, ainda bem, tudo limpo, conforme combinado com a faxineira, que veio aqui talvez na sexta-feira para fazer o serviço semanal. Um pequeno paraíso.

Então retorna a figura da Ju, com toda a força da imaginação. Que terá acontecido com ela, nestes longos dias? Alguma vez lembrei dela, lá na praia, mas nada tão forte, nem tão significativo. A presença da namorada certamente foi um fator atenuante para a fantasia com a Ju; isso e mais a distância do nosso ambiente, por certo. Agora, tudo de volta.

Poderia haver alguma correspondência dela, na caixa, que esqueci de abrir ao subir, passei direto da garagem ao meu andar, sem passar pela portaria. Resolvo descer para verificar.

No caminho, dentro do elevador, a imaginação parece não ter freio. Enxergo claramente um envelope, branco, elegante, discreto, com meu nome e, na linha abaixo, os qualificativos "Escritor e observador". Ela foi capaz disso? Sim, foi, e mais ainda: ao abrir, encontro uma página manuscrita, com papel-seda, marcado por um leve perfume, uma coisa almiscarada, discreto e no entanto presente; desdobro a página e ali está um pequeno parágrafo: "Como são as coisas! Como são as coisas? Ninguém sabe. A mim ocorreu de me mudar, exatamente agora, na tua ausência. Voltei para minha terra natal, para reatar um pedaço da minha história familiar e para me reinventar. A segunda parte poderia ter acontecido contigo, talvez?"

Eu gelo, todo, de ponta a ponta. A mulher é muito mais do que eu jamais poderia imaginar! O bilhete termina com a última linha do famoso poema de Baudelaire dedicado "A uma passante" – "Oh tu, que eu teria amado, oh tu, que o sabias". Sinto-me desfalecer; pequenas bolhas explodem silenciosamente na minha retina; perco um pouco a respiração.

Quando me restabeleço, ainda tento decifrar na imagem se ela assinou, se estava lá um "Ju" ou algo assim, mas é tarde demais, a carta evaporou, o elevador chegou ao térreo, eu desço e caminho os passos necessários até a parede das caixas de correspondência; na minha, um lote de cartas e contas se oferece assim que abro a portinhola; o porteiro ainda me chama, de longe, para dizer que as revistas e alguns pacotes maiores estão com ele. Pego tudo, faltam braços, equilibro como posso e não tenho mãos para repassar os envelopes de modo a descobrir se há alguma correspondência assinada realmente pela Ju, chame-se ela como se chamar. Preciso esperar para chegar em casa.

Chego, espalho todos os papéis sobre a mesa da cozinha; espalho todos, tentando ler ao mesmo tempo todos os dados, descartando logo os que são claramente propaganda ou conta a pagar. Repito a operação com mais vagar e minúcia, até concluir o óbvio, que não há coisa alguma da Ju para mim. Resolvo dormir, não sem antes tomar uma ducha refrescante.

A manhã do meu primeiro dia de retorno chega com sol forte de novo, e eu, antes mesmo de escovar os dentes, vou até a sacada para olhar a piscina, à procura eu sei de quê. Na imagem que recolho, nenhum sinal de Ju, nem de Jô, nem de menino algum.

Volto para dentro de casa em busca da rotina amena que espero recuperar: lavar o rosto, escovar-me, tomar um café cheiroso, comer frutas (que não há, porque eu não comprei). A imagem da carta da Ju vai e volta na minha mente, enquanto leio o jornal do dia – e nisso ouço o toque da campainha. Ainda pensei que podia ser o interfone, alguém me chamando desde a portaria, mas não, era a quase desusada campainha do apartamento mesmo. Alguém que já estava dentro do prédio quer falar comigo. Quem pode ser?

Não é a Ju, nem a Jô: é o – deduzo – William, de resto muito parecido com a mãe, alto e espadaúdo como ela, cara de gente boa, tímido, queixo meio saliente. Ele me estende o braço direito; na ponta da mão está um envelope branco, parecido com o do meu delírio no elevador, mesmo tamanho, papel com alguma textura, desses papéis de butique. Sorrio para ele, recolho a entrega e fecho a porta, sem nada perguntar: estava na cara que ele estava prestando um serviço para a mãe, decerto ocupada em alguma outra coisa, e ele devia estar de bobeira, férias escolares, nada para fazer, aquilo tudo que se sabe da desavisada infância.

Não abro o envelope; vejo que ele não tem destinatário, nem remetente, e isso em vez de atrapalhar mais me delicia. Ali dentro estará a revelação, aliás, as duas revelações: uma, que de fato a Ju quer me namorar, do jeito que me parecer melhor e mais adequado; outra, que ela e a Jô não são irmãs, como eu cheguei a fabular, mas sim primas, filhas de duas irmãs que tiveram sinas bem parecidas, lá na cidade em que nasceram e vivem até hoje, bem diferentemente das filhas, que migraram para a cidade grande onde uma agora vive com conforto enquanto a outra trabalha de faxineira num prédio, ambas com filhos meninos.

Deixei passar dois dias e eis-me aqui com o envelope finalmente aberto: era um recibo de contribuição que fiz para uma entidade assistencial. Só isso. Eu tinha deixado o dinheiro com a Jô, nem me lembrava mais, e ela fez questão de entregá-lo aqui em casa, pela mão do filho.

A Ju continua morando aqui no prédio: neste exato momento eu a vejo na sua cadeira de tomar sol, ao lado da piscina, com seu filho perto, brincando com muitos carrinhos, muito coloridos. Não vejo nem a Jô, nem o William, nem os verei ali, porque não têm autorização para frequentar a piscina do condomínio.

Escuro, claro

Era pra ser o sol. Eras pra ser o sol, só podia ser tu, que tens um no corpo. Eu até te falei, lembra?, do edifício do lado da sombra. Lembrou? Sombra é quase só o que eu tinha, a minha velha vida, toda a experiência anterior, cinquenta gerações de gente vivendo na sombra. (E tem o negócio da pele clara, também.)

Aí aparece tu, sol puro, luz dura, o contrário da sombra, edifício do outro lado da rua, no sol. Cara, o que foi aquilo? Luz, luz, luz. Tanta que às vezes até os limites borravam, se esfumavam, as coisas se fundindo umas nas outras, indo se perder na claridade. (Nem te falei, mas lembrei daquele lance renascentista: chiaroscuro. Claro-escuro. Um só existe porque tem o outro, o negócio do contraste, entende? Um não vive sem o outro, neste mundo moderno que eu habito. Moderno quer dizer antigo, claro, tem mais de cinco séculos.)

Explosão, alegria, vivacidade com aspecto de primavera meio antecipada. Luz. Luz dentro do olho, eu dentro da luz.

Mas o problema é a noite, esta noite interminável quando tu não estás por perto. Esta noite que me devolve o lado da sombra, ao lado da sombra. Tudo de novo escuro.

Escuro, Clarinha.

Despedida

Ele apertou o botão do número 1202 e esperou. A voz feminina perguntou quem era, e ele respondeu "Sou eu, tu sabe", sem querer dizer o nome. Ela de lá comandou a abertura do portão do prédio sem dizer mais nada.

Nem precisava. Porque os dois sabiam bem do que se tratava. Era uma despedida, e eles de certa forma a viviam já fazia um tempo, uns meses, desde que se concretizara a possibilidade de tranferência dela para São Paulo, numa promissora tentativa de engatar carreira como modelo. Bonita, alta, corpo proporcional, seios mais para fartos do que para escassos, quadris de mulher feita, cabelos lisos e luminosos ao natural, dona de olhos arredondados que lhe conferiam um certo ar de criança, logo desmentido pela boca, sensual e adulta, Gisele era uma unanimidade na escola, no bairro e, nos últimos meses, na cidade toda, por onde se espalhavam já imagens suas, em outdoors, em panfletos de propaganda e em uma grande campanha televisiva. Era ela que recebia o rapaz que chegava.

Quem era ele? Um colega de aula, um sujeito inteligente, dos primeiros alunos da turma, durante todo o colégio. Fisicamente, um sujeito meio apagado, meio cinza, sem nada de notável; mas não era feio, nem desengonçado, nada de um típico nerd ou cdf; não era o adolescente espinhento clichê. Mas, para ser totalmente objetivo, ele não era um homem atraente à primeira vista, e nunca estaria entre os eleitos dela; de resto os horizontes afetivos e sexuais dele sempre foram mais acanhados que os dela. Ela, aos 18 anos recém-feitos, era uma mulher completa, com a vida pela frente, em São Paulo e não mais ali; ele, os 18 por vencerem dali a uns dias, era um meninão, que apenas entrara na universidade, no vestibular encerrado poucos dias antes do encontro, e se tudo desse certo seria um bom profissional ali mesmo, na cidade, na região, com escassa hipótese de avançar rumo ao mundo.

Ele chega ao 12º andar, desce do elevador e procura o lado do apartamento 1202 – era a primeira vez que ele ia até ali. A primeira e a última. Antes disso, ele e ela só cruzaram seus caminhos na escola, regularmente, e em algumas festas; no colégio, eles tinham sido colegas de turma nos três anos do secundário, o que significava que se viam diariamente, com inevitável proximidade, cinco dias por semana, sempre, salvo nas férias; nas festas, bem ao contrário, se viam muito pouco, porque o mundo dos dois já por aqueles anos se distanciava mais e mais, ela se dirigindo a festas em que a maioria dos homens era de adultos, muitos com mais de trinta anos, ele preferindo as festas familiares ou da vizinhança, com meninas de sua faixa etária. Quase se poderia dizer: ela já se mostrando uma profissional da diversão, em potencial, ao passo que ele era, nesse mundo, um amador, para sempre.

Ele tinha ligado no dia anterior para combinar aquela despedida. Agora eram quatro da tarde, de um dia neutro de fevereiro, nem quente nem frio, um raro dia nublado e fresco no verão porto-alegrense. Havia pouco soubera de sua aprovação no vestibular para Engenharia Química e da mudança da Gisele para São Paulo. A universidade ele conheceria em poucas semanas, mas Gisele ele talvez nunca mais visse: era claro que o destino dela era fora da cidade, em uma grande agência de modelos, quem sabe até no exterior.

O apartamento era relativamente simples. Ele já sabia que ela não tinha pai (mas havia morrido? Era separado da mãe?) e que vivia com a mãe, apenas as duas. A mobília denunciava uma condição acanhada de vida: nenhum luxo, nenhuma peça sofisticada ou cara, tudo funcional e simples, tralha pouca. Nas paredes da sala, quadros banais de tipo romântico, um cenário rural com casinha de sapê e palmeira ao lado, um cavalo de crinas ao vento num campo aberto. E ela, inteira, de pé, sorridente, à porta: "Oi, que bom que tu veio". Isso e um beijo na bochecha. Um só, mas beijado mesmo, estalado. Ele percebeu que havia um certo carinho naquilo. Sentam-se no sofá.

— É amanhã? – ele arrisca.
— A viagem? Sim, amanhã ao meio-dia sai o voo. São Paulo, aqui vou eu!

Ele não sabia bem o que dizer, como dizer, por que dizer. Poderia perguntar tudo, do jeito como desejava e precisava?

— E tá tudo preparado? Tipo, malas e coisas assim?
— Tudo pronto, prontíssimo. São duas malas grandes. Depois é que vai a mudança.
— A tua mãe vai junto?
— Vai, mas ela volta logo. Eu vou ficar com umas meninas que eu conheço há um tempão, pessoal do meio, sabe? Vou ficar no apê de uma gaúcha, olha só. A mãe me ajuda na instalação e volta. Se tudo der certo, ela se muda pra lá depois.
— Então é isso mesmo, mesmo?
— Como assim?
— Assim, indo de vez? Nem sei como pensar isso, mudar de cidade, assim, na maior.
— Ah, tu sabe como é. O mercado tá lá, e por mais que eu pudesse me manter aqui é lá que rolam os melhores contratos, as melhores oportunidades, desfiles, essa onda toda. Eu já tô indo meio velha, na real; as meninas hoje em dia se mudam pra lá aos 14, 15 anos! Mas a mãe fez questão que eu terminasse o colégio, bom, terminei, e agora vamos lá.
— De certa forma eu te invejo. Não sei se eu vou ter coragem de sair daqui algum dia. Digo, pra morar fora, pra sempre.
— 'Pra sempre' é meio demais, né? Eu penso assim: vou lá pra trabalhar, quero arranjar uma posição confortável pra mim e pra mãe, e isso eu consigo em uma carreira em São Paulo. Sei lá, por uns dez anos, se tudo der certo eu me mantenho por 15 anos no mercado, e isso já deve me dar o que eu não conseguiria de outro modo. Aí, depois a gente vê.

Enquanto ele mastigava aquelas sólidas declarações, maduras demais para ele, e sem capacidade de dizer o que quer que fosse de inteligente, ela completou:

— E depois, o mundo dá voltas, muitas voltas. Nada me impede de ir e voltar, sempre que tiver trabalho por aqui, sempre que valer a pena. Sei lá. E no fim das contas nada me prende mais aqui. Tem a mãe, mas com ela tá resolvido.

Aquilo soou um pouco agressivo para ele, "Nada mais me prende aqui". Por certo ele nunca pensara racionalmente que poderia ser um motivo para Gisele permanecer na cidade, mas em seu coração ingênuo bem que nisso poderia haver uma ponta de verdade. Ilusão.

*

Mas ilusão com um pé na realidade. Um pé colocado na terra firme de uma noite de dezembro do último ano, pouco tempo antes dessa despedida. Uma noite inesquecível.

Era a final da Copa Sul-americana, e o Inter estava no páreo, contra o Estudiantes de La Plata. Um pouco pela onda de torcer – o Inter estava numa fase boa, vencendo títulos inéditos, nos últimos tempos –, outro pouco pela vontade de celebrar o fim do ano e do colégio, nasceu na turma a ideia de se juntarem para torcer juntos – para estarem juntos mais uma vez, antes do fim. A princípio, era só para colorados o convite para ir à casa da Julinha, que vivia numa casa ampla, com uma supertela para ver filmes e o que mais fosse numa sala aconchegante; mas depois a possibilidade foi estendida aos gremistas não-xiitas, que até teriam o direito de secar, mas dentro da civilidade.

E foi assim que 11 colegas se amontoaram na confortável sala, naquela noite memorável. A família da Julinha foi gentil, providenciando comes e bebes para a ocasião: refris e cachorros-quentes, mais uma rodada de pipoca e outra de docinhos, tudo distribuído enquanto os adolescentes se espalhavam pela sala, pelos três sofás, cadeiras, poltronas e almofadas, que ocupavam todo o cenário, de tal maneira que ninguém podia entrar ou sair sem causar grande tumulto, passando por cima de vários, driblando corpos estendidos por aqui e por ali – o que levou quase todos a permanecerem parados durante todo o jogo, os dois tempos, com exceção do intervalo. Num dos cantos, calhou de se encontrarem, como que por acaso, Gisele e seu visitante na cena da despedida.

O Inter precisava apenas confirmar a vitória que já tinha conquistado na primeira partida, em La Plata, quando venceu o time argentino por um a zero, gol do Alex. Mas o que unia aqueles 15 corpos ali era outra coisa que torcer, e talvez nada tivesse a ver com aquilo tudo, salvo para alguns realmente envolvidos com futebol: era uma espécie de grande sentimento de fim de etapa, um oceânico sentido de amizade, de fraternidade, e uma urgência por viver ainda uma vez a alegria de ser colega de aula. Nem todos pensavam assim? Nem todos pensavam assim. Mas vê-los ali proporcionava esse espetáculo particular que é a juventude vivendo um ponto de virada, de que só terá consciência depois, se e quando chegar a tê-la.

O jogo transcorreria difícil; o Estudiantes venceria no tempo normal, e isso levaria o confronto para uma prorrogação que atravessaria a meia-noite, por sinal a uma temperatura atípica para aquela quase entrada de verão, em que até um certo frio foi sentido.

A distribuição dos lugares, como em regra acontece com adolescentes, decorreu de uma intensa mas muda luta. Enquanto cada qual buscava seu lugar, sentando no sofá, acocorando no chão, estendendo o corpo no tapete, durante os primeiros minutos de jogo, ele foi esgueirando-se entre os colegas, avançando pelos lugares possíveis, um pouco empurrando e outro pouco sendo empurrado, até chegar, um pouco desolado, num lugar encostado à parede, sentado como índio sobre uma espreguiçadeira, numa das mais desoladas situações que era possível conceber ali, levando em conta a existência de várias meninas interessantes em cujo ombro seria viável encostar a cabeça, cujo cabelo poderia ser manipulado, cujas mãos seria cabível pegar, cujo calor valia a pena compartilhar por aquelas escassas horas. E ali estava ele, e já eram uns 15 minutos de jogo, quando, sem que ninguém mais esperasse, apareceu Gisele na casa da Julinha. Chegou ela e chegou sua beleza, seu sorriso, a utopia de sua companhia.

Ele empertigou o corpo, lá no canto em que tinha conseguido estacionar, mais para ver o movimento do que na esperança de ser visto e apreciado por ela. Mas eis, feitos os cumprimentos, ditas as provocações (Gisele era gremista, a única gremista a assistir ao jogo, e estava ali pela amizade), cruzados os olhares, ela começa a caminhar por entre os colegas deitados no tapete, afastando pernas e se equilibrando, até atingir o limite, um pequeno lugar vago. Exatamente ao lado dele, na espreguiçadeira, perto da parede.

Ele não soube como reagir direito. Sorriu para ela, sinalizando sua alegria de tê-la como vizinha, mas também deixando ver sua excitação pela proximidade de sua ostensiva, inegável, cativante feminilidade. "Ela veio parar aqui do meu lado por acaso – ele se perguntou – ou de caso pensado?" Era uma pequena fantasia, laborando em suas entranhas. Queria ter sido escolhido por ela.

Rolaram os 45 minutos iniciais, e ele por nada deste mundo ou de outro quaquer sairia de perto dela. Só respirar o perfume dela já era uma beleza, uma experiência forte; e encostar de vez em quando, como casualmente, alguma parte de seu corpo no dela – o joelho na lateral de sua coxa, um dedo em sua mão espalmada sobre o assento – era o céu. Assim, no intervalo ele permaneceu ali, apenas movimentando um pouco os membros para desenferrujar. Ela se mexeu bem mais que ele, inclinou o corpo em várias direções, conforme o lugar em que estivesse seu interlocutor. Como quase todos queriam trocar alguma palavra com ela, Gisele se virou em todas as direções. Ele, em sua feliz secundariedade, observou tudo, de parte.

O segundo tempo encontrou um jeito de plantar na mente dele uma semente de desejo diferente: se ela permanecia ali, transcorrido todo um tempo de jogo de futebol, podendo ter se abancado em qualquer outra parte, com qualquer outra vizinhança, não seria então bem possível, talvez mais do que isso, provável até, que ela nutrisse uma boa simpatia por ele? E uma simpatia assim não poderia... Não, isso seria demais. Seria demais ela aceitar... Ela ali, agora, nem mais sentada: ela agora, ali, deitada de lado, diante dele, com o cotovelo pousado sobre a espreguiçadeira, com a mão sustentando maciamente o rosto, os cabelos caindo numa cortina olorosa...

Ele resolve, pelos 15 minutos do segundo tempo, deitar-se como ela, por trás dela. Não, não encostando nela, nada disso, seria uma ousadia e uma agressão; deitado como ela, mas a uma pequena distância. Ele deita, ela não reclama. E terá gostado?

Cresce ainda outro galho da árvore do desejo: e se ele encostasse nela? Um carinho, não mais que isso; uma demonstração física, manual, do apreço que sentia por ela; e ela estava ali, à feição, deitada longamente no mesmo sofá que ele, olhando assim como ele lá para aquele jogo, que catalisava todos os olhares. Ele por sinal havia perdido totalmente o interesse pelo jogo, salvo naquilo em que podia interessar para manter o estado daquela situação. Ele, por vontade própria, não deixaria aquele jogo acabar nunca, jamais.

A mão dele avança e passa pelos cabelos de Gisele. Gentil, mas firme. Foi uma espécie de bênção que ele deu e tomou, na forma de espalmar sua mão por sobre os longos cabelos dela. Ergueu o corpo um pouco, discreto, o suficiente para divisar a silhueta do rosto dela – era preciso conferir a reação dela, mesmo que de modo impreciso. E assim foi: passou a mão nos cabelos, soergueu o corpo e mirou seu rosto. E ela? Ela parecia estar sorrindo!

Ou seria uma ilusão?

Esperou um pouco e olhou de novo para o rosto dela: permanecia como que sorrindo, a ponta visível da boca erguia-se um pouco, discreta; alteração nenhuma em relação ao que havia visto logo antes.

Então ela estava gostando?

Ele resolveu repetir a dose, mais uma vez passando a mão sobre os cabelos.

Reação dela? O mesmo sorriso, visto de perfil; a mesma serenidade estampada naquela maravilhosa face, com uns pequenos pelos perto da orelha, apenas o suficiente para justificar aquela comparação antiga, "pele de pêssego", que aliás nem ela nem ele usavam.

Será que ela não prestou atenção? Nem sentiu nada?

Ou sentiu e gostou?

Ou sentiu e considerou tão irrelevante que nem merecia a esmola de uma reação?

Ele quer tirar a prova, e avança: agora, vai tocar nela mesma, em sua pele. Com cuidado e delicadeza, mas decidido, agora passa o dorso de seu dedo indicador sobre a pequena faixa de pescoço que ela deixa exposta. Agora nenhum dos dois tem mais dúvida, entre eles dois: ele está fazendo um carinho nela, e ela está recebendo um carinho. Como reagirá Gisele?

Ele olha o perfil do rosto e agora distingue um pequeno esgar, uma movimentação de lábio: ela mordendo o lábio inferior? E se for isso, será por descontente? Acha uma grosseria, uma estupidez? Vai reclamar? Vai sair dali em direção a qualquer parte?

Ou vai manifestar gosto, de algum modo?

Ela não saiu dali, nem olhou para ele como quem ralhasse com um impertinente. Então ele pode considerar que ela... gostou? Ou apenas tolerou?

Aos 30 minutos, ele já acarinhava explicitamente a curva lateral do corpo de Gisele, até o alto das ancas; e ela já tinha manifestado com o sorriso e com pequenos meneios de corpo seu contentamento com aquela bolina, aquela amenidade erótica em forma de carinho contrito: para ele, aquilo era um exercício supremo de erotismo, algo com que ele apenas sonhara; para ela, era uma brincadeira, claramente agradável, mais pelo jogo psicológico do que pela sensação física.

Amenidade erótica que ganhou intensidade quando ele arriscou mais um pouco, espalmando a mão na bunda de Gisele. O sangue esquentou o resto que havia de ainda temperado no corpo dele – e ela, mais uma bendita vez, não o rechaçou. Aquele território novo rendeu outras sensações, também desconhecidas para ele.

Tanto andou essa troca que, ao findarem os 45 do segundo tempo, ele passava os dedos da mão direita com bastante liberdade por entre as pernas dela. Sempre delicados, sempre firmes. É bom dizer que não eram as pernas em si, porque elas estavam vedadas ao toque direto, protegidas pela couraça de um jeans; mas os contornos e a consistência de todas aquelas carnes eram franqueados aos dedos dele, sem contenção, a ponto de ele ter tempo de estudo suficiente para distinguir sutis diferenças de temperatura nas várias partes da região explorada tactilmente. E, aos toques mais próximos da vagina, ela reagia com um movimento mais significativo, querendo dizer a ele que sim, era uma boa brincadeira, que não devia parar, mesmo que aquilo não evoluísse para lado algum. Ele estava no céu.

Houve mesmo um momento raiando pelos limites do inefável: a certo movimento dele, ela remexeu o corpo de modo inesperado, mais forte, na companhia de um suspiro audível, o qual, para sorte dos dois, tanto poderia ser um tópico da longa conversa muda entre os dois amantes, quanto um comentário a algum lance do jogo. Mas veio o suspiro, a mexida de corpo e, sem que ele pudesse ter antevisto, o braço direito dela moveu-se para trás, pousando provisoriamente entre sua bunda e a genitália dele; e dali aquela mão, a delicada e linda mão de Gisele, moveu-se para empalmar seu membro. Foi um breve momento, em que ela alinhou sua mão com o comprimento do pênis dele, acomodando-o delicadamente, para em seguida retirar dali aquele conjunto divino de dedos. O lapso de tempo foi mínimo, a sensação permaneceu nele por muito tempo. Um céu.

Era um céu com prazo de validade, que viria fatal no fim do tempo. Encerraram-se nos 90 minutos regulamentares; e como o Inter perdeu por um gol a zero, para sorte dele houve a necessidade de uma prorrogação, e mais 30 minutos de jogo significavam a permanência no paraíso.

E assim foi, realmente. Retomaram as posições, todos, inclusive ele e Gisele, e tudo voltou à adorável rotina de carinhos – tudo, menos a mão dela, que não retornou mais ali.

Nem o gol salvador de Nilmar, dando ao Inter a vitória no tempo extra e o título da Copa Sul-americana, os tirou da posição em que estavam. Vibraram todos os colorados, aos berros e safanões; vibrou ele e até mesmo vibrou Gisele, a gremista, mas quase parados, mal soerguendo cada qual o seu corpo.

Alguém teria visto algo, desconfiado de algo entre eles dois? O acarinhamento era absolutamente evidente para os dois envolvidos; mas seria também para os outros? A Julinha uma hora pareceu levantar-se, lá na frente, para averiguar como andavam as coisas lá no fundo, onde estavam ele e Gisele; ela poderia ter visto algo? Ele tinha certeza de não haver dito nada, não deixou escapar nenhum dos incontáveis gemidos que queria muito ter soltado, de tesão, de alegria, de emoção erótica.

Mas também as prorrogações acabam, e quando ele menos esperava todos se levantaram, os colorados celebrando o título, tudo em paz. Ele tentou ainda manter-se mais tempo naquela posição deitada, mas era ridículo tentar espichar o que já tinha acabado, ela já levantada. A hora era de tratar das caronas, dos táxis para retornar para casa, a vida real, em suma.

Mas antes de levantar, uma pergunta se impõe: é verdade que Gisele tinha sorrido para ele? Ele recompôs mentalmente a cena que acabava de encerrar-se, para tentar responder a essa pergunta: ela havia balançado os cabelos, recolhendo-os para a frente do corpo com as duas mãos, como fazem muitas mulheres cabeludas, depois havia abaixado os olhos e... olhado para ele? Sorrido para ele, como a dizer que sim, tinha sido bom?

*

"Nada mais me prende aqui", disse Gisele, e aquilo pareceu a ele, na visita que fazia ao apartamento dela, uma declaração de arrependimento pela noite do jogo e por tudo que lá acontecera.

Arrependimento?

Tu te arrependes de tudo, Gisele? Nada daquilo foi bom para ti? E aquela mão tua, quando me apalpou, não era a mão carinhosa de alguém que estava gostando dos carinhos recebidos e que retribui?

Isso ele pensava em perguntar; mas não teria coragem.

Não teria coragem mas gostaria muito que ela as ouvisse, no fundo de seu coração; nem precisaria responder diretamente, podia ser de modo enviesado, de modo elíptico, de modo bloqueado – mas ele precisava de alguma resposta.

A conversa morreu entre os dois, mal estava começando. Ele não sabia perguntar o que precisava, e ela, se já não fazia qualquer pergunta, agora tinha cada vez menos resposta a dar àquele menino, colega amistoso mas uma figura do passado, que terminava de existir ali mesmo.

Tomado de certo orgulho inútil e meio bravateiro, ele anuncia que então precisa ir, há coisas a fazer, providências a tomar, agora com a faculdade tudo mudava... Ele sabia que era mentira, nada era mais importante do que estar ali, respirando o mesmo ar que Gisele respirava – e ela também sabia que não tinha a menor importância ele ir embora. O olhar dele ainda procurou o dela, num derradeiro esforço para fazê-la dizer coisas que ela poderia dizer e que ele tinha certeza de que ela saberia dizer. Nada. Ela sorriu protocolarmente, ainda que em seu coração passasse uma ponta de arrependimento por não facilitar a vida dele: é um bom menino, sincero, que merecia um consolo meu; é um bom menino que não sabe como funciona a relação com mulheres; é um bom menino que ainda vai sofrer muito de amor.

Ele ergue o corpo do sofá, depois de bater com as palmas das mãos nas pernas, e ela o acompanha, inclusive no bater as mãos: um pequeno riso de cumplicidade entre os dois. Ela toma a iniciativa e, caminhando para a porta, diz:

– A gente ainda vai se ver, pode crer. Daqui um tempo ainda vamos dar risadas da turma e do colégio.

– É – ele disse. E decidiu perguntar o que quer que fosse, para dar uma última chance ao destino: – Mas Gisele... eu queria te perguntar uma coisa, uma coisinha só. Pode ser?

– Sim – ela triunfou sobre a dúvida dele, e seu sorriso abriu mais ainda. – Mas não precisa. Tudo que tu precisas saber tu já sabes.

Como se não a tivesse ouvido, ele jogou no ar as palavras ardidas:

– É verdade aquilo que...

Ela o interrompeu com a mão sobre a boca, delicada mas firme como a dele naquele noite de sonho, o olhar redondo dominando a pobre presa em forma de jovem rapaz apaixonado, tudo isso combinado com um movimento que ia levando-o até fora do território do apartamento, já com a porta aberta para o corredor. E disse, bruxa como toda mulher:

– Tu és um homem muito, muito carinhoso. Qualquer mulher que te conhecer vai gostar. Tu vais ser feliz.

Um beijo na testa dele, uma porta fechando, a luz automática acendendo, inúmeras dúvidas retidas no peito para sempre.

A força de Tânatos

Exposição

> Pobre família nossa, prisioneira de fantasmas tão consistentes.
>
> *Lavoura arcaica*, Raduan Nassar

Ele tomou um largo fôlego e tocou a campainha. Olhou para o teto, espichando bem para trás a cabeça. Abriram, ele entrou. Tirou primeiro o sapato, depois o casaco, depois o blusão, depois a camisa, depois a camiseta, abriu o cinto, tirou a calça, tirou a cueca, tirou as meias.

Apontou para uma parte de seu próprio corpo e começou a exibir: – Esta aqui foi há muito tempo, nem me lembro quando, acho que aos cinco ou seis anos. Esta outra foi, deixa eu ver, com dezoito, dezenove. (Apalpava um pouco.)

Quando apontava uma terceira, bem recente, ainda viva, mal uma pelezinha cobrindo a cor arroxeada, a mãe se defendeu: – Mas eu não sabia nada, tu tens que entender que a gente, que ninguém sabia isso naquela época, o mundo nos proibia de...

Ele disse sim, eu sei, mas olha só esta aqui que eu estava mostrando, ela é de pouco tempo mas está localizada justinho sobre uma outra bem antiga, de uns dez anos ou mais atrás. (Umas lágrimas começaram a nublar seu olhar.)

A irmã cortou a exposição: – Mas nós gostamos de ti, independentemente de tudo, de qualquer coisa, eu sempre te considerei um modelo, eu gostava muito de quando a gente conversava sobre todo assunto. (As lágrimas secaram, voltaram para dentro dos olhos.)

Ele disse sim, eu sei, pois é isso mesmo, eu sempre tive certeza de que a gente se gosta. E mostrou outra, arroxeada, quase com volúpia, e rememorou: – Nessa época, na época em que essa aqui apareceu (apalpa), a gente ainda estava no colégio, me lembro uma tarde que o pai chegou mais cedo e disse que a gente precisava aguentar porque era assim mesmo, a família devia ser nosso ponto de apoio, a base que aguentaria a alavanca com que o mundo se fazia, se mexia, se mudava.

    E assim é que o tempo passava, como ele próprio já havia compreendido. Suspirou fundamente e começou a botar toda a roupa, escondendo todas elas de novo.

1996

A FRONTEIRA

> Nada perguntávamos, não sabíamos muito bem o que caberia perguntar, talvez sentíssemos um pouco de medo da resposta que teríamos caso pensássemos em perguntar alguma coisa.
>
> *W ou a memória da infância*, GEORGES PEREC

> Como yo había aprendido a no hacer preguntas – la realidad, si uno espera un poco, se encarga de las respuestas –, callé.
>
> *Memorias*, ADOLFO BIOY CASARES

Quando me pergunto onde estou, em que preciso espaço localizo minha vida, em que ameias assesto as baterias dos meus olhos em direção ao mundo, sobre que chão calco a força dos meus pés para alavancar o salto, costumo responder-me que na fronteira, porque um local de guerra e façanhas – a fronteira – é sempre ideal para postar-se quem queira entrar em luta.

Posso dizer o seguinte: quando criança, lá no meu bairro natal, meu pai chegava em casa pontualmente às seis da tarde, após o expediente da firma, que ficava a duas quadras da nossa casa, e sem cumprimentar ninguém, no máximo espichando o olho para o lado em que eu estivesse – às vezes jogando bolita, às vezes jogando futebol, às vezes só esperando passar o tempo para a mãe esquecer que era preciso mandar-me tomar banho –, dirigia-se à sala da frente, ligava o rádio e se punha a escutar o noticioso do horário, o mais importante de todos porque relatava fielmente, segundo ele, o andamento do mundo. Eu geralmente ia até ali e ficava em roda, não propriamente ouvindo as notícias, mas orbitando em torno daquele som, daquela melodia tão conhecida, tão familiar, o locutor acelerando a dicção e elevando o tom à medida que o assunto requeresse ênfase, gravidade, solenidade, pânico.

O pai não dizia nada, não esboçava nenhuma reação digna de nota. Continuava vestido como chegara, só que sem o chapéu, as pernas paradas, os braços postos nos braços da poltrona longamente, a cabeça algo curvada para a frente. Eu também não me mexia, acho que quase nem respirava, porque o assunto era para tal e tamanha sobriedade, fosse qual fosse a matéria do noticiário. E havia o cheiro daquele horário, especial e específico, que se somava tensamente ao cheiro da casa.

O tempo avançava, as novas iam passando, o pai se mantinha igual, e o fim do programa se aproximava. Sete horas, já o locutor tendo desejado muito boa noite aos senhores ouvintes, soavam os acordes iniciais de *O guarani*, sinfonia de Carlos Gomes sobre a base do romance de José de Alencar, que eu ainda não lera mas cuja história já me era familiar. Acho que aí é que se instalou a raiz da minha história com a fronteira. O pai desligava o rádio assim que as primeiras notas apareciam. Não perguntava nada, não dizia nada, só desligava. Ficavam no ar da sala, já cheio de características, umas poucas notas, pããããã, pããããã, pã-rã-rããããã.

A fronteira estava ali, inteira. A fronteira entre o que eu conhecia e o que não me era permitido conhecer. O que afinal vinha de tão nefasto e proibido após aqueles sons? Era algo de que o pai não gostava, ou não queria que eu ouvisse, que ninguém ouvisse; mas o quê? Logo passei a imaginar fantasmas magníficos para depois daquela abertura: programas crivados de erotismo, histórias de amores e mulheres sensacionais. Mas nunca perguntei, nem ele explicou.

Por essa época eu já sabia ler e escrever. O mesmo acontecia com meus amigos mais próximos, alguns meus colegas de colégio, outros alunos do Grupo Escolar que ficava também no bairro. Um deles, o Marco, além de saber ler e escrever tinha uma bicicleta, aro 22, tenho a impressão de que cor de vinho. Nela eu aprendi a andar sobre duas rodas, aquele mistério de dominar o deslocamento precário, o equilíbrio que só se consegue no balanço do movimento.

Marco e eu fizemos um jornal. Foi na sacada do apartamento dele, numa luminosa tarde. A ideia era reportar os acontecimentos da vizinhança: quem estava machucado, quem não estava indo à aula, quem tinha se mudado para o bairro ou para fora, o pai de quem tinha ganhado medalha no futebol de salão, a mãe de quem tinha ganhado nenê, como estava sendo a reforma do bar da rua. Nunca me passou pela cabeça a mais remota hipótese de fazer constar, naquelas pagininhas de caderno dobradas em quatro, os encantos das gurias, por quem eu já me mobilizava.

Tenho certeza de um número, com duas cópias, uma para mim e outra para ele. Não mostramos para ninguém. Tinha ilustrações feitas por mim, um desenho da fachada do edifício que ficava defronte da minha casa e o perfil do ônibus que servia a nossa zona, o linha 21, conhecido como "Lesma". Tinha a escalação do nosso time de futebol: Júlio, Alemão, Gilson, eu, Marco e, na reserva, o irmãozinho dele, Flávio. E o nome do time, Esporte Clube Brasil, com o desenho do distintivo. O nome só era esse porque ninguém se arriscava a sugerir qualquer nome abaixo da unanimidade que era o nome do país, porque aquém dela éramos já, definitivamente, colorados ou gremistas, o que impedia qualquer alusão ou aos clubes da cidade, ou a suas cores, vermelho e azul. Então ficava verde e amarelo, Brasil, e tudo em paz.

Certamente não falamos sobre o sapateiro e seu filho, ambos assustadores. O guri, Demóstenes, Demo, não tinha mãe, pelo menos que a gente soubesse. Ele era muito mais velho que nós, uns quatro anos, cinco, e muito maior. Jogava bola com os grandes, na praça, e até fumar ele fumava. Eu sempre tive muito medo dele.

Não muito depois do jornal, o Marco se mudou para não sei onde. Nosso time ficou bastante desfigurado, ele era o craque. Talvez por isso eu estivesse, certo dia, batendo bola sozinho, chutando na parede de uma oficina mecânica da redondeza. Foi quando vi o Demo quebrando duas vidraças, a pedradas. Vi, e ele viu que eu vi. Não falei nada, nem falaria jamais, por puro medo. Minha infância está ainda hoje povoada de medos fortes e inapeláveis.

Mas alguém além de mim também viu, e contou ao pai dele, que nem pensou muito para dar-lhe uma surra feroz, com uma correia velha de bicicleta. O Demo apanhou como nunca, ficou todo marcado. Não foi visto na rua por vários dias.

Numa manhã normal da minha vida, fui até o armazém do Seu Macedo comprar o leite para o café. Era ainda com aquelas garrafas de vidro, pesadas e, vistas em retrospecto, lindas. O trajeto passava diante da sapataria.

Bem ali, em frente a ela, estava o Demo, fazendo qualquer coisa junto ao tronco do cinamomo que havia. Olhei de longe, um arrepio me acordou definitivamente naquele começo de dia; continuei caminhando, olhando fixo para o local, assustado e sem possibilidade de mudar o rumo. Quando cheguei mais perto, uns dez metros talvez, vi o que fazia o Demo: escavava um buraco no tronco com uma faca de sapateiro, aquelas de cortar couro seco e duro, afiada.

Continuei. Quando passei por ele, o Demo tomou o meu lado esquerdo, emparelhou o passo, pousou o braço direito sobre os meus ombros, apertou meu pescoço exatamente sobre o pomo-de-adão, e com a mão esquerda encostou a faca na minha barriga, sobre a camiseta. "Eu acho que vou te matar, seu merda", rosnou. "Tu tá vendo a marca aqui?" – e levantou a camisa para exibir aqueles riscos de cicatriz recém formada.

No fim da tarde daquele dia, às seis em ponto, quando se repetiu o ritual do rádio, eu já estava sentado na sala da frente, muito mais quieto do que de hábito. Talvez meus olhos dissessem algo a quem os considerasse com ênfase. O pai não perguntou nada, ouviu tudo o que dizia o narrador do noticioso, esperou até os acordes iniciais da música que abria a *Hora do Brasil*, desligou o aparelho. Eu queria que ele me olhasse e perguntasse o que estava havendo, por que eu estava tão daquele jeito. Ele não perguntou. Eu não disse nada. Foi a primeira vez que me ocorreu não me excitar com a evidência daquela fronteira.

1996

Jogar o jogo

> Creo que Baudelaire dijo que la patria es la infancia. Y me parece difícil escribir algo profundo que no esté unido de una manera abierta o emarañada a la infancia.
>
> *El escritor y sus fantasmas*, Ernesto Sábato

Ele tem doze anos e está bastante nervoso. O jogo está para começar. Ele está no banco, não foi escalado para iniciar a partida por seu time de basquete, representando o clube que tanto ama. Nunca foi titular do time. Está vestindo o uniforme novo do clube, em preto predominante mais vermelho e branco. A camiseta é muito grande, exageradamente grande, é a mesma que usam os adultos. Ele é magro e tem vergonha disso. O calção é igualmente grande. Sente muita vergonha de que alguém olhe para suas pernas finas, e ainda mais finas porque o calção é esta enormidade.

Ele daria um dedo para iniciar a partida. O adversário é outro clube da cidade, uniforme em cor azul claro com detalhezinhos em branco e vermelho, pequenos frisos que acompanham as bordas da camiseta e do calção. O uniforme do adversário é adequado ao tamanho dos meninos, comprado especialmente. Todos os componentes de seu próprio time e do outro parecem, aos olhos do menino, ter pernas fortes, vigorosas, roliças, desejáveis pelas gurias. Quanto às suas, tem a sofrida certeza de que jamais agradarão a quem quer que seja, muito menos à morena por quem nutre secreto amor desde o começo do ano, quando todos se veem na piscina por inteiro, sem calças compridas.

Ele se recrimina por não ter feito todo o esforço para mostrar ao treinador que mereceria estar entre os titulares. Tem íntima e total certeza de que, se quisesse, seria um grande pivô, não só pela altura avantajada, mas pela inteligência, sobretudo por ela, que sabe ser superior à média. Mas nem para si esta convicção é pacífica. Acha que não deveria se considerar melhor que qualquer outro, nem na inteligência, porque isso é vaidade, e sua família considera a vaidade um defeito tremendo aos olhos de Deus.

Ele vê o jogo transcorrer. Sua angústia é crescente. Acaba-se o primeiro tempo e o treinador não dá mostras de querer colocá-lo em quadra. Durante o intervalo, no vestiário, quando os titulares se sentam e os reservas ficam de pé, à volta, o menino tenta se colocar fisicamente perto do treinador, na esperança de que a proximidade visual, a imposição de sua presença possa sensibilizar o treinador. Imagina que seria muito bom se o treinador olhasse em torno, ao pensar sobre o que recomendar aos jogadores, fixasse o olhar nele e fizesse um apelo, "acho que é a hora de tu entrares, tu és a solução do problema, vou te pôr no time para usares a tua inteligência, entra e vê se tu consegues comandar dentro da quadra esses teus parceiros que parecem uns baratas tontas que não sabem nada do que treinamos tantas vezes".

Ele no entanto não é chamado. O treinador corre os olhos por todos e diz algo bem diferente, "acho que nenhum de vocês tem colhões para entrar lá e resolver esta merda de jogo". Mantém o mesmo time, os mesmo cinco eleitos, que ficam visivelmente felizes pela observação. O menino chega a cogitar alguma atitude: romper aquele círculo de humilhação e dizer bem alto que está disposto a encarar o desafio, que quer mostrar seu basquete, sua qualidade. Mas o pavor vence. Outro pensamento lhe atravessa o coração em direção à boca, sem chegar a ganhar palavras claras: uma raiva medonha, uma vontade sofrida de mandar o treinador à puta que o pariu, de dizer claramente que se era para isso que trouxera tantos reservas podia ter poupado o serviço de todos eles, que ele enfiasse no rabo suas táticas e seus conselhos e aquele uniforme horroroso.

Ele passa todo o segundo tempo do jogo quieto, sentado, medindo a excessiva largura do calção e da camiseta. Vê seus braços finos, vê seus joelhos salientes, vê seu tênis tão pouco bonito em relação a alguns outros de colegas do banco e da quadra. Algumas vezes presta atenção ao jogo, imagina-se dentro da cancha a realizar jogadas memoráveis, lances de esperteza, meneios de corpo, súbitas arrancadas e surpreendentes paradas, passes monumentais, cestas fulminantes. Ele não consegue em nenhum momento desligar o raio da consciência de seu fracasso.

1996

Morte mas doce

> *Não desejamos morrer nem muito cedo, nem de todo.*
>
> Sigmund Freud, carta a Wilhelm Fliess, 21 de maio de 1894.

Se fosse um sonho, eu tentaria detê-lo a meio: espetá-lo num mural, borboleta travada, legendá-lo com nomes que conheço, as asas bem abertas, de forma a não correr o risco de perdê-lo para qualquer voo. Mas não era sonho, quer dizer, não no sentido de que eu tenha dormido e só depois começado a sofrer a invasão da história do conto.

Não. Se bem que eu quase dormi, estava praticamente dormindo, a meio, um pouco. Quando as imagens começaram a ficar gelatinosas eu como que acordei; e lá estava o cenário delirante de poucas pessoas e muitos desejos.

Se poderá dizer que era um só o desejo, e de fato era. Um só, amorfo, aliás polimorfo, meduso, meio triste, pulso aberto. Como se fosse um imenso, não, um pequeno... Não.

Era assim. Havia muitas pessoas e entre elas circulava, de alguma forma, uma corrente elétrica, não enxergável, só sentível. Escuro, mais ou menos. Envoltas em pequenas ondas de calor, aquelas pessoas como que conversam e bebem, mas não se ouve nada. Um amor tão simples, tão primitivo, tão óbvio, anda em tudo.

De repente, um deles, um homem, mata outro, com uma faca, e o morituro agradece, ou nem tanto, retorna um olhar caloroso e quente direto aos olhos daquele que lhe tira a vida. O que está morrendo tem um copo na mão direita, e a esquerda ele pousa sobre o ombro direito de seu matador, suavemente.

Não há pânico, não há dor. O calor é superior a tudo – não bem o calor, aquelas ondas é que envolvem tudo, até mesmo a morte, que era ali um gesto de amor.

Por quê? Por que eu não sonhei isso? Fosse um sonho eu diria, espetando-o pelo ventre: algo em mim quer viver, sair voando. E não posso ter esse consolo. Sou o quê, depois desse falimento?

1996

O Alemão

> Mudou a cidade? ou teus olhos
> é que turvam desta fumaça
> solta no ar como balão?
> desta indiferença feroz
> que esbarra em ti nas calçadas?
> deste pretume do rio de asfalto
> a escorrer perigosamente entre os prédios?
>
> "Tênis sujos", Paulo Becker

Tudo se passou com muita rapidez. É certo que ele veio para Porto Alegre com dezenove anos, era forte e razoavelmente bem composto de corpo. As pernas eram um pouco tortas, deselegantes, mas a saúde geral era boa, a musculatura forte, a maior parte dos dentes em estado razoável e mesmo bom. A testa era talvez um pouco curta em relação ao padrão de sua família, de seus primos e irmãos e tios, e a cabeça não era lá grande coisa.

Não foi pela saúde que o rejeitaram no serviço militar. Foi justamente pelas pernas tortas, que não o impediam de nada mas já o tinham posto no ridículo algumas vezes diante dos companheiros com quem, na infância e na adolescência, costumava tomar banho no rio próximo daquela quase favela em que vivia, na periferia da cidade mais próspera da época ali na região da alemoada. Numa tarde suarenta de fevereiro, nem fazia muitos anos, eles cruzaram o rio; no barranco da margem oposta à prainha se pelaram e ficaram brincando de cobrir e descobrir o sexo com as mãos, numa espécie de show para as mocinhas que ali refrescavam o corpo, eles felizes com sua masculinidade e com a proximidade das meninas. E uma delas, mais despachada, mulatinha, gritou bem alto para ele, que se colocara um pouco à frente dos demais, exibido, "Quês pernas bem feia!, Vai te enxergar!".

Foi uma humilhação, mas também o mundo não ia terminar. Tinha ainda sua saúde, o que não era pouco, uma saúde conseguida em educação controlada, de gente pobre e orgulhosa, e que por certo não se resumia a desenho de pernas. Ele era forte, podia arranjar um bom emprego. E se a cabeça não tinha muitas luzes, a recobria um belíssimo cabelo, que ele aprendeu a cultivar depois que o pai morreu, ele com não mais do que catorze anos. E era um cabelo tão loiro que ali, no meio dos descendentes de alemães, era chamado de Alemão, e isso por causa do cabelo verdadeiramente bonito, liso, volteado nas pontas, que assentava muito bem com o pente um pouco molhado.

Quando veio para Porto Alegre, o cabelo ainda era assim bonito, mas já curto. Veio junto sua namorada, herdeira também de sangue dos alemãos sabe-se lá em que quinta, sexta, oitava geração, já misturado com outros sangues, portugueses, índios, gringos. Talvez daí seus olhos belos e melancólicos, que souberam desconsiderar a relativa deselegância das pernas do Alemão e ver nele o bom sujeito que ele de fato era. Ela estava, então, grávida de cinco meses.

Ninguém escolhe muito a época de migrar, e eles chegaram em má hora. A cidade se encolhia justamente contra eles, contra os recém-chegados. A recessão desativava construções, eliminava postos de trabalho, não se contratavam projetos novos. E o Alemão não sabia fazer quase nada, a testa curta, o pouco estudo, a vida meio cretina de lá perto do rio de sua cidade, a experiência de um que outro biscate em trabalhinhos mesquinhos, medíocres, que exigissem poucas horas de dedicação e nenhuma habilidade específica, e dessem algum troco para contentar a mãe. Cuidou um tempo do salão da paróquia, que servia também de ginásio de esportes, varria os vestiários todo fim de noite depois que uns caras de pernas normais tomavam banho após o jogo de futebol de salão; outra vez entregou costuras para uma modista sua vizinha de subúrbio; juntou paus de boliche no clube dos alemães ricos, e não gostava de constatar, lá em sua pouca inteligência, quão distante estava daqueles que tinham como ele cabelo loiro mas possuíam carro bonito e sempre novo.

Não aprendera nada, nenhum ofício. Nunca quis adestrar-se com o tio funileiro, que trabalhava numa metalúrgica mas gostava mesmo era de dar marteladas em latas usadas, inventando novos sentidos para elas, juntar chaleira furada para um dia consertar, repor alça em panela velha, colecionar fio rejeitado. O tio era, na sua impressão, muito igual ao pai, só que não bebia e tinha uma certa alegria difícil de explicar. O Alemão, no entanto, não se habilitou em nenhum ofício, nada de nada, nem aprendeu nunca a ajudar missa, aquele bailado complicado que o padre teimava em ensinar, sobe escada, ajoelha, bate a sineta, "na hora da consagração tu não esquece de sacudir a sineta que o pessoal todo precisa ajoelhar, porque é a hora em que o pão se transforma em Deus, não vou te explicar muito", era preciso ter fé, o padre insistia, a mãe insistia, ele não gostava, quase odiava, nunca aprendeu.

Não que fosse um vadio. Mais certo seria dizer que nos últimos tempos em que viveu na terra natal *gastava* o dia, fazia qualquer coisa, meio sem rumo, ia a pé e bem devagar até o centro, parava na praça, volteava a quadra, cogitava que podia voltar a estudar, via televisão nas vitrines, imaginava quem sabe pegar emprego em bar, num bar qualquer, de preferência no Ao Urso Branco, que fabricava sorvete e preparava uma coisa chamada "Gilda", também conhecida como "Vaca Preta", que ele experimentara uma vez, duas bolas de sorvete sabor chocolate mergulhados em coca-cola. Mas não sabia bem fazer contas, só se passasse o dinheiro para outro atendente mais hábil que ele, mas daí não iam querer ele ali para trabalhar, voltava para casa, ligava o rádio para ouvir música, as pilhas quase sempre fracas, a mãe ralhava, mas não era vadiagem, mesmo. Ele sabia, qualquer coisa lhe pulsava no pescoço indicando que era necessário voltar a estudar, arranjar emprego, terminar pelo menos o primeiro grau, não precisava a mãe fazer o céu desabar de culpa todo dia em cima dele, entupindo seus ouvidos com "teu pai precisava te ver assim, o mau exemplo que ele te deu, logo tu vai dar pra beber que nem ele, Deus que me perdoe".

Quando ele fez os dezoito, a mãe se encheu de coragem e meio que lhe deu um ultimato: que se não entrasse no exército arranjasse um trabalho decente, como homem, "ou Deus me livre que eu nem sei o quê que eu vou fazer contigo". Era inverno, ele foi rejeitado no exame preliminar para o serviço militar e sem muita reflexão foi buscar o primeiro emprego de carteira assinada. Viram que ele era forte e o puseram a carregar e descarregar telhas, muito lindas, arredondadas, chamadas coloniais, num caminhão de entrega. As mãos logo calejaram, mas a tal carteira não aparecia de jeito nenhum. Ele não perguntava, era a mãe que rondava e dizia "tu tem que ver o INPS, sem carteira tu não ganha o décimo no fim do ano, teu pai nunca teve nem décimo nem hospital para se tratar". Foi então que o Alemão conheceu aqueles olhos melancólicos, que por certo ele não sabia explicar nem nomear assim.

Era inverno. Ele tinha um dinheiro sobrado, dava para alguma coisa. Ela saía do vestiário da firma, depois do banho que facultavam aos que trabalhavam no galpão dos produtos químicos. Ele já a tinha selecionado pelo olhar, como aliás fazia sempre, em qualquer lugar, fosse onde fosse, dentro de ônibus, na fila, na sala de aula, não parava nunca de escolher a miss dentro do universo feminino disponível. Ela saiu cheirosa e ele se colocou no lugar certo para ser visto, encostou-se na parede com o alto das costas, sungou um pouco a perna direita da calça e dobrou o joelho, o pé encostando na parede, nunca fumara mas chegou a bater no bolso da camisa para conferir se tinha um cigarro impossível, só para completar a pose.

Seguiu-se um namoro de inverno e logo os dois conheceram-se a fundo, tanto quanto lhes permitia a vida, e amaram-se, inocentes de qualquer método de contracepção. Não demorou nada ela somou ao encanto dos olhos melancólicos a iluminação da gravidez. A mãe dele chorou, ele tão moço, ela tão novinha, "a família dela diz-que é tão ruim, desnorteada, o irmão metido com tóchico, a mãe envolvida com macumba, o pai encostado por doença da cabeça". Vindo, porém, de algum lugar obscuro da memória, ele lembrou da responsabilidade inadiável, o guri que vinha vindo, ela precisando de cuidado. Ele não pensou, não precisou refletir, talvez nem soubesse como; apenas chegou em casa e avisou a mãe que estavam de muda para Porto Alegre, que lá é que tinha serviço sempre, começaria parando na casa de um tio dela que morava perto do Carrefour, "ainda por cima é bom porque é pertinho para as compras e diz-que bem barateiro".

Chegaram num fim de janeiro, calor bem igual ao que sentiam lá no Vale. Ficaram logo arranjados numa peça duas casas adiante da do tio dela, que nem bem tio era, parece que pai de uma cunhada, homem de qualquer forma com a casa cheia de filhos, que não dispunha de espaço para abrigar ninguém mais, malgrado a boa-vontade com os recém-chegados. Pagaram a semana adiantado à dona do quartinho, e portanto sobrou pouco do quase nada que tinham reunido para a mudança, mas o Alemão logo saiu à cata de emprego. Não havia, e ele demorou um mês inteiro para se dar conta. O tal tio emprestado até que ajudava, ela passou a fazer as únicas refeições razoáveis na casa dele enquanto o Alemão se virava como podia, arranjando alguma coisa para comer e procurando biscate no Centro.

Março chegou e ele descobriu que não havia alternativa. Mas o corpo ainda forte indicava que podia suportar um pouco mais, logo alguma coisa sólida se apresentaria, não seria para sempre aquela humilhação de viver da caridade dos outros, ele ia se sustentar, como todos os seus sempre haviam feito, ele sabia. Uma manhã desceu do ônibus antes do fim da linha, no Parque da Redenção, varou-o ao meio, a esmo, e deu com um grupo de homens enchendo baldes de lata velha numa torneira pública, logo adiante de uns prédios bonitos e ajardinados que ele ainda não sabia mas eram os da Universidade. Olhou-os com atenção e voltou a observar os homens, que torciam panos velhos e se encaminhavam aos carros que buscavam vaga para estacionar ali por perto. Os homens se apresentavam, solicitamente, para lavar, limpar, cuidar, faziam mesuras, chamavam os donos de carros de tio e padrinho.

Saiu dali, vadiou, caminhou e vislumbrou um canto onde não havia nenhum lavador, nenhum cuidador, nenhum balde, e poucos automóveis. O lugar era meio retirado, e por isso custou um pouco até que o espaço todo ficasse ocupado por carros. O último a ter vaga encostou, um carro vermelho bonito, e o dono virou o rosto para ele, que observava alheadamente a cena, assobiou fininho e gritou "Ô alemão, te dou um troco mas eu quero bem caprichadinho, tá?" Ele fez que sim com a cabeça, entendendo o pedido mas esquecendo que não tinha nada com que lavar coisa nenhuma, onde o balde, onde o pano, mas a promessa do dinheiro em troca de trabalho superou qualquer hesitação. E ele quase não percebeu que o dono do carro parecia um filho daqueles alemãos para quem ele juntava pinos no boliche. Considerou que podia se livrar da camiseta-de-física que trazia sempre debaixo da camisa, lição indesmentível de sua velha e santa mãe, e foi até a torneira sem pensar em quantas viagens precisaria fazer desde o carro até ela, e dela até o carro. O carro ficou livre do pó, e ele, ao fim da manhã, estava com aquele troco prometido e muito mais, dinheiro suficiente para atenuar bem a angústia do desemprego, dinheiro que para seu espanto algumas mãos até espontaneamente lhe acenavam, à saída.

Eram quatro horas quando ele voltou para casa, para o quartinho. A mulher estava deitada, meio dormindo, embalada pelo mormaço, uns colares de suor e alguma sujeira em roda do pescoço, e mal abriu os olhos quando ele sorriu. Logo ele recompôs a seriedade e disse "descobri onde trabalhar, olha só", e sacudiu no ar a grana. Mostrou a camiseta de lavar, contou tudo e saiu a procurar uma lata grande que pudesse ser levada nos outros dias.

Achou uma lata, grande, velha e sem alça, mas ele compôs, habilmente, o balde que estava nela e nem ela sabia, um taco de madeira atravessado na largura, pregado por fora, o exterior raspado e o interior livrado da tinta seca que ali restara. A lembrança do tio funileiro lhe veio, ele ficou feliz, imaginou que o velho gostaria do resultado.

O dinheiro passou a entrar com alguma regularidade, a dona do quartinho já não tinha do que reclamar, a comida entrava em casa farta e na hora. E um dia, no Carrefour, viu na prateleira de acessórios para carro os maravilhosos produtos de limpeza, fixando-se por fim num pequeno rodo de mão, para limpar vidros. Viu o preço, considerou e colocou-o no carrinho.

A barriga da mulher já requeria recurso ao hospital, ainda bem que Porto Alegre oferecia serviço público. Sua clientela naquele canto de estacionamento já se acostumara com o alemão caprichoso que até rodo usava, sem falar nos panos, uma flanela amarelinha usada no fim da lavagem para dar brilho. O que parecia filho de jogador de boliche lhe dava bastante atenção, às vezes chegava a comentar de leve, ao acaso, os sucessos dos times, o Grenal perdido por este ou aquele, ele não levava muito a sério aquele negócio de futebol mas achava ótimo aquela deferência e mais ainda o dinheiro bem generoso. Ninguém queria outra vida, serviço das sete da manhã às cinco da tarde, segunda a sexta, sempre certo, sem falha, dinheiro que já dava até para pensar em alugar uma casa inteira ou quem sabe mesmo arriscar a construção de uma meia-água mais lá para o fim da vila.

Tudo eram planos até que um dos lavadores ali da redondeza, por sinal um crioulo forte, que aparecia pouco na área, lhe propôs uma ideia com a qual ele jamais sonhara. Seria simples a participação do Alemão, bastava ele ficar até mais tarde ali no estacionamento, ali mesmo no seu canto recuado, até perto das nove horas da noite, nas sextas e sábados, coisa pouca, para cuidar dos carros que traziam pessoas aos shows que ocorriam no Salão da Reitoria. Ele ficaria apenas com uma incumbência: gritar "cabeça", mas gritar bem alto, se por acaso um dos donos resolvesse chegar ali na hora em que os outros estivessem fazendo o serviço, o roubo de rádios e toca-fitas, que seriam convertidos em dinheiro e ele ia ganhar uma beira, "pode crer, não tem erro, Alemão".

Ele hesitou, teve um pouco de medo, foi devolvido mentalmente à sua vida idiota lá no Vale, os músculos entre as pernas se retesaram involuntariamente, sentiu-se como quem leva um esporro da mãe por não trabalhar, mas agora trabalhava, já fazia bem três meses que estava em Porto Alegre e até ali tudo corria bem, a mulher quase a parir, ele com dinheiro que já dava para o gasto, não chegou nem a sair de sua boca a tormentosa pergunta "por quê?". Fez que sim com a cabeça, sem convicção, as mãos torcendo o pano, a água pingando sonoramente dentro do balde de lata, o crioulo disse "aí, Alemão, a gente sabia que tu era limpeza, só não vai marcar senão alguém se machuca, hoje é sexta e já vamos meter bronca, tá?"

Eram sete horas e ele se despediu do filho do jogador de boliche, que não pedira para lavar o carro mas mesmo assim lhe deu uma bela gorjeta, o suficiente para voltar para casa, fazer as compras no Carrefour no dia seguinte de manhã, quem sabe até algumas coisinhas para o nenê, uns remédios, umas roupinhas. A vida que se desenhava boa ruía no chão, não rápido, mas como as folhas de outono do parque, que resbalavam no ar e pousavam às vezes sobre os carros e eram logo retiradas pela sua atenção aos clientes, que agradeciam reconhecendo o trabalho. Ele não foi embora porque o negrão estava por perto, sentado num banco das imediações com os braços bem estendidos ao longo do encosto, pernas esticadas abertas, peito aberto e gritando, de vez em quando, assustador, "e aí, Alema, tudo em cima?"

Um pouco tonto, abobado, desatento, o Alemão sentou no cordão da calçada, atrás de um carro, e já eram nove e tanto da noite. Um barulho de música vadiava pelo ar já quase frio. Ele começou a ouvir pequenos barulhos de latas, o negro estava trabalhando, dali viria mais grana, mas ele não precisava dela, só que agora precisava achar que ela vinha bem. Foi por estar acompanhando a música vadia que enchia os intervalos do pensamento que ele não viu a chegada do brigadiano, que vinha de trás, e por isso ele não gritou "cabeça" nem merda nenhuma, só viu de longe, meio abaixado, apavorado, quando o brigadiano gritou "mão pra cima, tá preso, negrão, tô com o berro na tua cabeça, seu puto, quieto, não te mexe".

Seriam talvez onze horas, quase meia-noite, o tal show já tinha acabado, o Alemão ganhou mais grana do que nunca com as gorjetas dos carros da noite, gentes todas enfeitadas, e foi ficando por ali bestamente, encagaçado pelo que podia acontecer depois, se os outros negros e brancos e mulatos que deram no pé voltassem para perguntar por que raios ele não tinha gritado "cabeça", "hein, alemão cagão filho duma puta, vamo te partir em quatro, vamo te cagar de pau pra ti ver, seu merda".

Na segunda de manhã, o alemão filho do jogador de boliche notou que o Alemão não andava por ali, que estranho, logo hoje que ele tinha trazido até umas roupas usadas para a mulher grávida dele, paciência. Ao fim da tarde, quando foi embora no fim do expediente, não dava mesmo para ver o corpo ensanguentado e morto do Alemão, atrás duma macega alta, no negrume escuro do parque, com o cabo do rodo enfiado na boca.

1996

Um homem

> ... achara-os em algum daqueles becos escuros da memória, velha cidade das traições.
>
> "Um homem célebre", Machado de Assis

(Se as coisas são relativas?! São, são, sim, sim, relativas, relacionais, correlativas, corretivas, corrijo hoje neste momento a visão que sempre tive desta entrada? Deixo intocada a memória? O que é melhor? Melhor pra mim, pra mim... Eu tô falando pra mim, de mim pra mim: pontuo de memória, de cor, cor-cordis, arrumo tudo na sintaxe disponível do discurso sem fala da cabeça, quase fico ininteligível pra mim mesmo, não posso perder o fio dessa meada. Mas a entrada, esta entrada é mais que surpreendente, é demasiadamente, estarrecedoramente, insopitavelmente – o que é insopitavelmente? –, duramente real, mais que o impossivelmente real do Fernando Pessoa, que entrada real: o tamanho do portão de ferro em arabescos é o mesmo da infância, esses farelos de ferrugem ficam nos dedos, às vezes umas farpinhas querem furar a superfície dos dedos, da dor, a almofada do polegar esfrega as impressões digitais dos outros dedos pra um lado e pra outro e resulta um pozinho cor de telha, pó da cor do vermelho escuro velho descascado enferrujado do portãozinho de ferro, pó áspero, pó moído no asp'ro da vida que uma vez habitou este lugar. O barulho do rangido, não o rangido ele-mesmo, é um barulho velho como a ausência de vida, como a memória da vida que já cessou, flatulou, foi pro brejo, foi pro espaço, só veio comigo de volta pra conferir e corrigir a precária contabilidade que mal e mal e bem como pode me sustenta, esta barba meio grisalha de alemão, meio aloirada branca, as cãs – as cãs! – brancas, os filhos todos crescidos e tudo o mais que veio comigo ou não veio comigo nesta viagem de retorno e de desenlace, de retomada e de arremate, até aqui onde me encontro, observando, comparando vida e imagem, este presente bruto e aquele passado manso, estou aqui para conferir, vou ficar aqui o tempo que for preciso, não me importa agora nem a morte. Fecho o portão, ferrugem e eco estridente.

Como se fosse uma nova margem eu levanto a cabeça e olho pra todo o musgo da parede da casa desabitada, enquadro toda a parede no âmbito pequeno dos meus olhos ardidos. Eu não tinha mais de sete anos quando lembro de ter visto pela primeira vez, entrando por este lado da casa, a velha Maria que só falava aquele alemão colono e tomava água quente com pão seco mas não era mendiga, só vinha visitar alguém que entendesse a sua língua engrolada e não se importasse com seus andrajos verdes nem com seus hábitos. Depois perdi o medo e até falei com ela, que parecia vir do passado, do começo do mundo colono, ela me perguntou "du hab warmwassa?", naquela língua precária e soturna, eu tinha já aprendido que devia responder para ela "ja, komm", e ela de fato entrava e tomava água quente com o prazer com que eu criança tomava refresco de xarope de groselha, hoje é só coca-cola, passou o tempo dos xaropes-a-dissolver, passou o tempo da coca-cola novidade, quando o pai chegou com uma garrafinha com tampa intocada e dissolveu o conteúdo em duas garrafas de água, como se fosse o mesmo xarope de groselha, que pré-história isso tudo, a Velha Verde ou já morreu, ou continua a pedir água quente pelo mundo.

Aqui neste corredor entre a casa e o jardinzinho eu uma vez queimei a perna com a água fervente do chimarrão, esbarrei em alguém, derrubei tudo, sofri, fiquei um século sem poder mexer na perna embolhada, carrego a imensa cicatriz ainda agora. Um círculo se formava para tomar chimarrão: uma cuia de mate com açúcar para mulheres e crianças, uma com amargo para os homens, pratos infinitos de cuca com recheio de uva e de laranja que mãos hábeis preparavam não imagino a que hora, entre o milhão de tarefas que a casa exigia. Minha boca se enche de água e eu olho o perfil da cisterna, com a bomba manual, ainda lá, enferrujada e digna de seu porte gracioso, a cisterna que nos verões era limpada por dentro, os mais velhos desciam por uma escada que se dirigia ao oco escuro da Terra, buraco sem a água da chuva que no estio seca. Viro o foco do olhar e ali está a porta da sala de jantar, que dá para o pátio da cisterna, uma porta sem nada além do vidro e por dentro os farrapos da cortina bordada. Em torno daquela mesa que o tempo já se encarregou de enviar para algum destino nós sentávamos para almoço e janta, hierarquia clara, lugares marcados e respeitados desde antes de o mundo iniciar, rezávamos e comíamos e voltávamos a rezar. Depois da janta rezava-se uma dezena do terço, nem me lembro a ordem, um pai-nosso, dez ave-marias, um glória-ao-pai, e eu ficava tentando entender por que se rezava tanto, devia ser uma oração para cada elemento, uma para a família presente, uma para os filhos já fora de casa, uma para as galinhas, uma para as vacas, uma para a gata, uma para o pasto das vacas, uma para as árvores do pomar, uma para as flores, uma para a horta, uma para o empregado que ajudava no trato dos bichos, uma para o padre da igreja, uma para Deus, talvez uma especial para as crianças.

 Meu Deus, esta cozinha, este fogão de ferro, este cheiro que me vem do cérebro, dos bifes que a chapa tornava celestiais, este armário debaixo da escada que leva ao sótão, esta mesa... Esta mesa: sobre ela, quando veio a luz elétrica até esta parte da cidade, meu pai punha uma cadeira para sentar-se e chegar mais perto da lâmpada tão fraca, para poder fazer as bainhas das calças, pregar os botões, fazer o que fosse preciso dos serviços de alfaiate que trazia para casa, para completar, para dar conta de alimentar a nós todos. Meus olhos estão doendo desta luz, meus olhos se levantam, levam junto minha cabeça, olho para a boca do sótão, tudo escuro como sempre, tudo deve estar lá ainda, todos os planos secretos da minha infância triste, todos os desejos que nunca senti, toda a dor da vida que passou e escorre e imobiliza.

 Não vou até os outros quartos, não vou ver o que restou do quarto do pai e da mãe, não vou ver o sofá da sala de visitas onde tirei minha primeira fotografia aqui em casa, não vou ver nada do que já está para sempre inscrito a fogo e choro no meu coração, já sei de cor a casa que quero guardar, já sei de cor o que não quero saber, não vou visitar o escombro do banheiro fora da casa, a ruína do galinheiro, a desolação do mato que sufocou para sempre o trabalho dos dias de nossas vidas aqui, a mudez dos bichos todos, sapos, gatos, vacas, galinhas, passarinhos, grilos, abelhas, moscas de verão, o silêncio do tempo passando. Não quero sentar, estou bem aqui, costas no marco da porta entre a cozinha e a sala de jantar, dois pés imprecisamente postos num chão que mais e mais parece balançar sob o peso que carrego comigo, aqui dentro do peito e sobre os ombros. Eu logo vou embora, ele logo vai chegar, o homem da corretora de imóveis que vai me dizer quanto vale esta memória.)

1996

Azulejo, play

Eu estava ali, sendo. Em minhas mãos havia um azulejo. Branco, na parte pintada, e cor de areia na parte de trás. Eu comecei a anotar alguma coisa, a lápis, na frente; mas o resultado era nulo. Então virei o azulejo e passei a anotar atrás, com melhor resultado.

Tratava-se de uma lista. Ela começava por um nome, um nome de mulher. Talvez fosse Cláudia, nome que foi moderno, inclusive título de revista feminina – jamais descobri por quê, por que não Janice, ou Tereza, ou Odete.

Depois não era mais uma lista que fizesse sentido começar com nome de mulher, moderno ou não. Talvez um rol de outra ordem, talvez compras a fazer. Saponáceo, que nem faz mais sentido comprar depois do advento da pia de aço, pia de inox, como se diz. Ou ainda faz, e eu é que perdi o pé nesse particular das lides domésticas? Depois uma lista mesmo, como se fazia para dividir as coisas entre os que iam acampar juntos: "bombril, sabão, pá".

Uma parte de mim relutava em admitir como sensato estar anotando nomes de coisas nas costas de um azulejo. Havia no ar um ar de estranhamento geral.

Outra parte de mim, no entanto, achava perfeitamente razoável estar ali, sendo simplesmente e tentando anotar coisas em listas nas costas do azulejo. Passo a ponta dos dedos na superfície meio áspera das costas do azulejo. Não sinto nenhuma relação com a cor dele. Qual é a cor do azulejo?

Estou no sonho mas me vejo parando o sonho, como numa tecla "pause", e eu saindo de onde estou (mas meu corpo fica ali mesmo, parado) para ver a cor do azulejo. Fico (quer dizer, aquela parte meio invisível de mim é que fica) agachado diante de mim, olhando de baixo para cima, para tentar ver a cor do azulejo. É azul mesmo. Não é mais branco. Lembro da piada da infância: azulejo, vermelhejo, bracolejo, amarelejo. Decido que a piada não tem relação relevante com a cena e tento voltar para o meu lugar.

Aí a coisa encrespou. Não consegui voltar. Tentava tomar meu lugar de novo, entrar no meu corpo, mas acontecia o seguinte: assim que eu chegava bem perto de combinar eu comigo mesmo – a parte meio invisível, feito desenho animado, com a parte visível, física, óbvia –, a parte que estava parada saía um pouquinho do lugar, impedindo o acoplamento. Começa a me subir a angústia.

Angústia indizível, que doía fininho. Como era aquilo de eu não querer mais me receber? Pois se eu era eu! Era totalmente claro que eu era eu. Ainda pensei: quem sabe aquela parte ali, de carne, parada, esqueceu que ela é eu, que eu sou ela? Vou falar com ela, talvez.

Tento dizer para a parte visível "Olha, eu sou eu, eu quero voltar, entendeu?". Não entendeu, não quis entender. Ou será que até quer entender, mas não pode por causa da tecla "pause"? Procuro o controle remoto, acho, procuro a tecla "pause" para pressioná-la e me libertar – e não encontro. Só tem tecla "play", umas trinta teclas com a mesma inscrição "play".

Uma voz dentro de mim (dentro desse eu meio incorpóreo, desenho animado, linha Disney) ainda diz: "Aperta o 'play'! Aperta o 'play'!" O polegar vai direto ao "play" e encontra o centro do azulejo branco, gelado. Branco, gelado. Branco, gelado.

2002

Ao museu, eu

O cálculo demorou um tempinho mas ficou perfeito: projetou que em mil dias ele levaria tudo o que era necessário levar. Mil dias, um por um, um depois do outro, descontados domingos e feriados.

Desde o primeiro desses dias ele foi até lá, cabelo prateado, óculos pendurados em velho fio ao pescoço, casaco de botão cinza também, levando uma das preciosas coisas guardadas. Chegou lá, saudou mudo o porteiro e as atendentes, ficou olhando coisas ali expostas, até que, chegada a hora do fim do expediente, deixou sobre um banco aquilo que trouxera de casa.

Desta primeira vez era um caderno antigo, as páginas cheias dos nomes dos filmes a que assistira desde menino, mais os nomes dos astros e estrelas protagonistas, de vez em quando alguma outra informação, como o nome do diretor, a data, a compra de pipoca ou balas. O caderno foi o primeiro presente que deu ele.

Nos seguintes 997 dias úteis, foi levando tudo o que preparara. Um pacote com umas 40 tampinhas de falecidos refrigerantes. Brizoletas da Legalidade, bilhetes de passagem escolar usados nos bondes, canhoto de passagem ferroviária para a cidade de sua família. Caixa de sapatos contendo a antiga coleção de carteiras de cigarro colhidas nas calçadas da infância. Históricos escolares anuais, colecionados desde o primário. Um chumaço de fios coloridos cujo tamanho não fosse maior que uns 30 centímetros cada. Listas de tarefas deixadas para ele pela mãe, em vários momentos da vida, ao longo de anos. Cadastro de clientes da velha loja de gravatas em que trabalhou. Guia telefônico da capital, ano de 1966. Fichário com as leituras escolares, todas.

No 999º dia, véspera do desfecho do plano, deixou lá, em sua viagem diária, uma velha chave de sua casa, com uma etiqueta de identificação contendo o endereço real de sua moradia, na esperança de que algum funcionário mordesse a isca e completasse o ciclo ideado quase mil dias antes.

Mas nenhum dos funcionários sequer cogitou de pegar a chave, ler o endereço e ir até lá – na verdade, todos os demais presentes que deixara nas 999 visitas haviam sido delicadamente postos no lixo, um por um, porque logo se viu que era mais um maluco que queria ganhar espaço para suas inúteis coisas no museu.

Se alguém tivesse ido até sua casa, porém, teria podido ajudá-lo a completar o plano levando-o a ele mesmo para lá, para o mesmo museu onde vinha depositando suas preciosas bugigangas pelos 999 dias anteriores. A ele, morto por ingestão de veneno. A ele, deitado no sofá da sala e enrolado na melhor colcha para facilitar o transporte. A ele, que tanto quis permanecer no museu de sua amada cidade.

A FELICIDADE

Era a minha cidade, mesmo que pouco parecesse. Os prédios altos, o centro da cidade, todos os quarteirões cheios de prédios, um ao lado do outro, tudo em bloco, tudo conhecido, ou pelo menos não estranho. (Mas parecia Buenos Aires, parecia.) Eu andando por ali, pelas calçadas, apenas acompanhando a linha dos prédios, com o olhar na altura dos meus próprios olhos, nem para cima nem para baixo.

Ao cruzar uma rua, que naturalmente fica entre dois quarteirões, eu olho para cima e me surpreendo. Avançando por cima do leito da rua, uma plataforma. Por cima mesmo: ela deslizava por sobre os prédios, numa altura de talvez 20, quem sabe 30 metros do chão. Era como se por sobre toda a superfície de um quarteirão houvesse uma plataforma, um platô, cujo lugar fosse ali mesmo. Só que, por algum motivo – olhando aqui de baixo eu penso em um elevador, mas que se movimentasse na horizontal –, essa plataforma se movimenta, passando de sua posição, justa, completa, sobre uma quadra inteira, para a quadra contígua, por sobre a rua. Deslizava suavemente, fazendo sombra fechada sobre o leito da rua, sobre as duas calçadas. Uma sombra que vai fechando o dia.

Tão suavemente que não se ouve nada (o platô desliza elegantemente, patim no gelo, mão sobre lâmina d'água), só se vê. Eu vejo: eu estou ali. Sobre o platô há coisas que eu não distingo direito daqui de baixo. O platô parece ser de acrílico, porque é transparente, deixa passar a fraca luz do dia (está nublado) e entrever a silhueta de coisas, das muitas coisas que estão lá em cima. E não se veem os mecanismos da movimentação.

Ouço gritos e dirijo o olhar para o lado oposto da rua (eu parei na calçada de cá, assim que levantei os olhos, meio atordoado, sem ação). O platô desliza mudo e está chegando ao topo do edifício mais alto que há ali e que só agora vejo, ao inclinar um pouco a cabeça para a frente e para a direita, simultaneamente. Os gritos – agora vejo – vêm de uma espécie de grande sacada que fica no último andar, logo antes do fim da altura, antes da linha onde está como que aportando justissimamente agora a plataforma.

Os gritos são de alegria? São de frenesi, parecido com aqueles que a gente ouve na montanha-russa, mistos de excitação, júbilo e medo. Felicidade, provavelmente este é o nome sintético do sentimento dominante deles, dos que gritam, e gritam olhando para cima, para um ponto qualquer logo acima de suas cabeças, a plataforma de acrílico imensa e leve chegando até lá, com o poder de sua sombra. Se o platô ficar assim, cobrindo a rua, acabará talvez para sempre o dia, tal como o conhecemos. Mas isso é um problema?

Olham e gritam, como crianças assustadas e alegres. São crianças. Estão felizes. Aqui onde eu não estou se é feliz.

As estratégias de Clio

Acerca do método de narrar

Já não dirão que estou resignado
e perdi os melhores dias.
Dentro de mim, bem no fundo,
há reservas colossais de tempo,
futuro, pós-futuro, pretérito,
há domingos, regatas, procissões,
há mitos proletários, condutos subterrâneos,
janelas em febre, massas de água salgada, meditação
e sarcasmo.

"Idade madura", Carlos Drummond de Andrade

Depois de vencer o 1º Prêmio Guimarães Rosa do Conto, ano passado, julguei ter alcançado uma espécie de ponto culminante em minha carreira de escritor. Meus três romances já haviam sido distinguidos com láureas. O primeiro, *O edifício do lado da sombra*, causara sensação em 1976, tendo sido comprado para tradução em seguida. O segundo teve menor sucesso, mas foi Livro Estrangeiro do Ano na Áustria. Era o meu *Introdução geral à alma alemoa*. Quanto ao terceiro, bastará dizer que a tradução norte-americana mereceu a honra de uma resenha positiva por ninguém menos que Jerome David Gelisnar, homem de reconhecida avareza no elogio. Pois *Domingo à tarde em Cidreira* foi descrito como um milagre, 130 páginas que se leem como um haikai. A carreira de meus livros de contos não foi menos afortunada. *Pisco* e *Hesito* receberam crítica positiva de leitores do quilate de Dámaso "Perejil" Chamuyero e Nicos Sopliakov, além de terem tido boa venda.

Agora o prêmio que leva o nome de um dos dois maiores escritores brasileiros de todos os tempos. Experimento uma sensação dilemática, de felicidade e fastio. Felicidade – alguém poderia perguntar por quê, se afinal minha obra já fora tão elogiada; pois precisamente por isto: o ícone de Guimarães Rosa à sua escrivaninha, nesta estatueta tão digna que o prêmio confere aos agraciados, ele numa posição de quem por exemplo, imaginemos, revisa um texto seu, quem sabe o maravilhoso "A terceira margem do rio" ("Sou o que não foi, o que vai ficar calado", diz o narrador, como resposta à sua própria pergunta "Sou homem depois desse falimento?").

Do ano passado até três dias atrás, precisamente uma quinta-feira, vivi intensamente o outro braço do dilema: o fastio, que talvez devesse chamar afasia, aridez, incapacidade de imaginar um mínimo tema digno de ficção. Mas três dias atrás caiu-me nas mãos, como que casualmente (não fosse a larga generosidade do destino), um volume de contos chamado *Vidas ejemplares*, de Mempo Giardinelli. O certo é que não tenho palavra suficiente para agradecer a mão anônima que me enviou o livro. Chego a suspirar internamente. Olho pela janela um momento e revejo o mesmo Morro Santana de sempre, ora envolto numa nuvem, e me alegro.

É necessário explicar o sopro de vida que veio junto com as vidas exemplares. Há ali um conto, "Como los pájaros", que assim inicia:

> *Muchas veces, cuando uno se dispone a escribir un cuento, siente un irrefreable y súbito deseo de hacer otra cosa. Es como una urgencia que impele a variar la actividad, aunque en realidad lo que sucede es que el esfuerzo que se requerirá parece, en ese momento, superior a la propia capacidad. Días atrás, conversando de este asunto con un joven escritor chicano, Jesús Emilio Galindo Fuentes, me decía que él había desarrollado un método para elevarse sobre sus ideas – esas fueron sus palabras – de modo que, como desde una atalaya, podía contemplar el cuento y, luego, sólo le correspondía la sencilla tarea de describir lo que había visto.*

Meu Deus. Jesús Fuentes (logo Jesus, logo fontes...) teve a gentileza de existir ficcionalmente para matar a charada, a minha charada. Fazer uma tocaia do conto, da ideia do conto, e depois descer desse hipotético lugar com a singela tarefa de descrever o que se viu. Nada mais simples. E – me ocorre, como uma salvação do meu impasse – nada mais parecido com o método narrativo de um certo Benjamin Rogaciano Guedes, o coronel Guedes de tanta fama na região de Caçapava do Sul e arredores nos começos do século que já está indo embora, ocupando seu lugar de passado que lhe cabe. Conheci seu estilo e seu método pela voz do falecido amigo João Barbosa, filósofo e recitador do *Martín Fierro*. Que sua memória me acuda.

    O coronel Guedes, cuja tropa de peões vinha identificada, segundo registra a História (na fronteira com a Lenda), por uma fita em torno da copa do chapéu na qual se lia – "Sou do Guedes, morro seco e não me entrego" –, o coronel Guedes havia aprendido com os últimos índios da região com quem chegou a conviver na juventude (e aos quais serviu como carrasco definitivo, ao aceitar ser o intermediário e fiador entre eles e o primeiro governo de Borges de Medeiros no acordo que os fixou, os aprisionou, numa área de trinta hectares – vinte braças precisamente, na medida da região –, logo a eles guaranis, cuja sina era, desde imemoriais tempos, vagar indefinidamente em busca da terra sem males, na qual não mais precisariam inventar e consolidar relatos que explicassem sua inglória peregrinação), ele havia aprendido com eles, dizia, uma técnica de contar histórias muito assemelhada àquela que Mempo apresenta. Consistia ela numa espécie de transe preliminar mediante o qual o iminente contador se dispunha a acompanhar em espírito a memória da ação do legendário, muito embora histórico, índio Cacambo, já consignado em letra artística nos fins do século 18 em *O Uraguai*, de Basílio da Gama. "Acompanhar", aqui, significa repetir os passos corajosos e mal-afortunados do chefe guarani.

    O bom Cacambo, como se sabe, sobreviveu ao combate sangrento em que morreu Sepé Tiaraju, na Guerra Guaranítica comandada por Gomes Freire, e por esse mero fato, o sobreviver, foi recebido com extrema desconfiança pelos índios de sua redução, quando voltou do campo de batalha, tendo corrido mesmo o risco de um linchamento de desafeição e horror. Aliás, não só por isso, mas sobretudo porque – e este é o princípio do método que o coronel Guedes aprendeu – Cacambo, não obstante ter armado, na retirada, uma terrível cilada ao exército luso-espanhol que acabou destruindo os Sete Povos, foi visto por seus pares como um traidor e um covarde, principalmente um covarde, que só sobrevivera a Sepé por não ter a mesma sua coragem.

Tendo saído com vida da batalha, Cacambo foge, vagamente alucinado, e na beira do rio Uruguai cai, exausto, num sono profundo; e sua precária paz dormente é interrompida pela chegada, em sonho, do recém falecido Sepé. Conta Basílio da Gama:

> *No perturbado interrompido sono*
> *(Talvez fosse ilusão) se lhe apresenta*
> *A triste imagem de Sepé despido,*
> *Pintado o rosto do temor da morte,*
> *Banhado em negro sangue, que corria*
> *Do peito aberto, e nos pisados braços*
> *Inda os sinais da mísera caída.*

Seis versos adiante, e já sem nenhum parêntese enigmático, é a vez de Sepé falar, na linguagem insondável do onirismo, a Cacambo:

> *"Foge, foge, Cacambo. E tu descansas,*
> *Tendo tão perto os inimigos? Torna,*
> *Torna aos teus bosques, e nas pátrias grutas*
> *Tua fraqueza e desventura encobre.*
> *Ou, se acaso inda vivem no teu peito*
> *Os desejos de glória, ao duro passo*
> *Resiste valeroso: ah tu, que podes!"*

Depois de tal pungente apelo, Cacambo de fato resolve resistir ao assédio do exército destruidor, ele sozinho com sua opção de coragem, por meio de uma técnica sabida há séculos pelos índios: queima os campos nos quais a custo pastam os cavalos inimigos, o que gera uma confusão demoníaca entre os sitiantes. E mais exausto ainda, sedento de paz e de descanso junto a sua Lindoia bem-amada, torna à aldeia, sem saber que o aguarda um destino terrível, que convém não lembrar aqui. (Mas não será demasiado preciosismo assinalar que, entre o momento da visita de Sepé ao sonho de Cacambo e o efetivo início do incêndio, medeia a travessia do rio, que se interpunha entre a intenção e o gesto.)

Tal era a sequência preliminar na composição do método narrativo que o coronel Guedes aprendeu com os índios: havia que ter o corpo cansado (ou, melhor ainda, maculado por alguma doença, algum ferimento, na carne ou na alma), como que dormir em seguida (o "transe"), ouvir a voz sonhada de Sepé e, cruzando um imaginário rio, surpreender o inimigo, isto é, o ouvinte do conto. Pode-se falar, assim, de uma tocaia espiritual, uma tocaia narrativa, que o coronel Guedes cultivou como poucos. Embora nunca tenha escrito uma linha completa (mal sabia desenhar o nome), deixou uma indelével marca na retina de todos os que circunstancialmente o viram, o ouviram contar qualquer história.

Uma impressão visual, eis o ponto. Era preciso vê-lo a fechar quase completamente os olhos, mergulhar numa mudez fluvial que poderia parecer tediosa a um menos avisado e, então, começar a mover a língua dentro da boca, num processo físico que resultava na enunciação de palavras, pausadas, medidas, e cujo efeito invariável era o susto dos ouvintes: se sua face não se alterava – e de fato não mudava nada, todas as inúmeras rugas permaneciam em estado rugoso, sequer o brilho dos olhos se atiçava –, a sucessão das palavras que iam compondo o relato podia ser comparada ao fluxo de um rio em vias de afunilar-se numa curva, porque a água de sua narrativa adensava-se, escurecia e ganhava velocidade justamente para vencer o torneio caprichoso da natureza do conto em curso. E ninguém ficava livre de encontrar aqui e ali um redemoinho, superficialmente pequeno, talvez, mas cruelmente turbulento nas entranhas, por menor que fosse a pedra ou o galho que lhe tivesse dado origem.

Por outro lado, não havia hipótese de permanecer à margem do fluxo, em posição pretensamente tranquila (como Cacambo antes da visita de Sepé), de quem fica sentado na barranca a contemplar o andamento parelho da água da história. O coronel Guedes jamais deixou barato, ao contrário sempre exigindo – sem qualquer sinal externo, na face ou nas palavras – um estado de tensão visual que só um arqueiro zen conhece, quando faz corresponder o maior esforço muscular ao supremo relaxamento físico, a absoluta concentração no alvo à abstração mais divertida do pensamento.

Deu-se que, um dia, Benjamin Rogaciano Guedes resolveu contar sua morte, como que desde uma tocaia. Ele já estava bastante velho, embora nunca rejeitasse qualquer encargo campeiro ou guerreiro, quando fosse o caso. À beira do fogo comportado de uma lareira, o coronel – corria o ano de 1922 – vagou em pensamento, como Cacambo, até encontrar o ponto ideal da tensão frouxa necessária à narrativa. Começou, então, a desenhar uma cena.

Fim de tarde. O coronel andava nos arredores da sede de sua larga fazenda. Era outono quase no fim, o frio já exigindo pala de lã. Não além das seis horas da tarde o Guedes chega na casa de um empregado seu, o posteiro Breno, apeia do cavalo, buenas tardes, e é convidado a entrar. De pronto, o Breno, a voz um pouco alteada, diz, na direção da cozinha, o coronel está aí; sua mulher aparece no vão da cortina floreada e toma a bênção do padrinho Guedes, que responde Deus te abençoe, e ela retorna para dentro, para preparar um mate novo.

O silêncio respeitoso de alguns segundos é sacudido pelo suspiro forte do coronel, que ainda não encontrou posição no sofazinho de mola que ele próprio dera ao Breno quando foi obrigado a comprar móveis novos, por ocasião de seu segundo casamento, ele viúvo, dona Zulmira nem com trinta anos. O mate chega, a chaleira é depositada ao lado da cadeira do Breno, que serve a água, ajeita com os dedos troncudos a posição da bomba e passa ao visitante.

Transcorre uma boa meia hora em que quase nada de novo é transmitido de parte a parte, só os comentários convenientes, o Breno anunciando que uma vaca brasina mocha tinha se extraviado na faxina pra lá da venda velha mas ele tinha encontrado ainda ontem, e as ovelhas é que era, nesse tempo molhado, ovelha é bicho muito morredor, talvez que as de raça são mais forte e possa rejistir, e pelo jeito o inverno vai vim brabo esse ano, ao que o Guedes velho e sábio só respondia assentindo que sim, pois é, ah-puis-é, diz que no Oruguai já vem geando faz não sei quantos dias seguidos, e quando encarréra assim na entrada do frio é porque vai ser daqueles, não vê que as formigas passaram o abril todo se forrando de comida, é, Breno, tu vai só controlhando como anda a côsa.

Às tantas diz o coronel grácias, eu tô servido, entrega a cuia, e já se levanta, arquejando um pouco, a expiração forte fazendo um ruído rascado ao passar por entre os fios do bigode vasto e mal aparado. O Breno lhe dá o passo na saída da porta da casa; até este momento o coronel Guedes não lhe havia notado nenhuma alteração mais forte, era o mesmo Breno que ele conhecia desde piá, salvo pelo fato de que estava um pouco mais falante, um pouco mais enfático, algo mais vivaz que o de sempre, concluindo todos os gestos e frases com um olhar sem expressão enviado aos olhos do coronel. Já fora, sobre o cavalo, chapéu de aba larga bem assentado, o Guedes ainda consulta com o olhar ao Breno, como que perguntando quê que é, homem, mas nada dizia, porque se ele não fala é porque não tem que falar. No que puxa a rédea para o lado direito, embicando o cavalo para o lado da estrada, o Breno diz coronel – e o vocativo fica pendurado entre os dois, espécie de teia tênue, naquele comecinho de noite pouco estrelada, entre o fazendeiro e seu agregado.

O que é, Breno? – pergunta sem nenhuma palavra o olhar do coronel, que vai encontrar o olhar do Breno pousado estaticamente no oco do horizonte, simulando uma segurança insuportavelmente descabida para ele próprio, Breno, que diz sestroso pode que o senhor não saiba, não sei como le diga, nem sei se devia de le dizer, o senhor sabe, e em cada vírgula uma lentidão pontuada de sapos e vento por intervalos longos demais para os nervos do ambiente. É que viero me contar, e se le digo é que tenho obrigação de le dizer, porque le prezo muito, me dissero que era pro senhor não retornar pra sua casa aí pelo passo, pelo meio desse mato, que o senhor fazia melhor se vorteasse lá pelo lado da casa da finada Olinda, que era melhor pro senhor.

Ué, por um acauso tamos em guerra pr'eu andar m'escondendo?, pois se pelo passo é que é o caminho pra chegar daqui na minha casa por quê que eu preciso dar esta bâita volta, Breno? O coronel desconfiou que faltava um pedaço da história, talvez um resto de crendice, de imaginação, de mistério, que sabia ele do que se passava na cabeça do bom Breno, do que lhe ocorrera ou que lhe haviam dito? Olhe, coronel, não me queira mal, mas no passo o senhor não pode varar hoje, se não nem chegar em casa chega, ao melhor chega mas estropiado.

O Guedes perdeu a compostura e desafiou então tu fala logo, Breno, desembucha, que eu já tô de saída, e o Breno não teve escolha, o coronel não se contentaria mesmo com aquela profecia imprecisa, e disse num só jato é que le prepararo uma tocaia no passo, coronel. Disse e abaixou os olhos para um patacão de bosta fresca perto de seus pés, com medo da reação. O coronel expirou forte nos bigodes, levantou o olhar na direção da estrada, a sombra da aba do chapéu subiu do queixo ao supercílio, realizou mentalmente a cena do passo, a casa que o aguardava. As mãos postas na sela não se mexeram, não torceu o rosto mas deixou escapar por entre os lábios um resmungo menor que o sentimento mas e por quê que tu tinha que me falar isso, Breno, pra quê?

Aquela meia voz permaneceu desacompanhada no ar por uns instantes lentos, até que o coronel conseguiu resumir seu desalentado orgulho dizendo Breno, se tu não me fala nada eu ainda tinha chance de me dar na ideia de ir por outro lado, mas agora eu não tenho escolha, tenho que ir pelo passo, buenas. E voltou ao gesto iniciado antes do diálogo, o cavalo quieto voltou-se à direita, ao comando do dono, e saiu pelo costado do arame no garbo do trote lento, nem bater os dedos na ponta da aba do chapéu o coronel bateu, para quê despedida numa hora dessas, o vulto escuro afastando-se no rumo da estrada, do passo, do destino. Foi-se o Guedes, e no passo tão familiar e banal tomou três tiros pelas costas, não chegou a ver a cara dos que lhe aguardavam com a morte, quem sabe gente desses castilhanos gadelhudos.

Mais ou menos isso contou o coronel, sem alterar a voz ou as rugas, e quem o viu contar percebeu que, muito pelo contrário, Benjamin Guedes estava em paz, forte e são de lombo, de tal forma que seria impossível imaginar que a cena ocuparia um lugar real na crônica da Revolução de 23, no ano seguinte ao relato, com a única diferença de que o arauto da tocaia não foi, de fato, o Breno seu posteiro, mas seu filho de catorze anos, pois que o Breno, sabedor da emboscada, resolveu antecipar-se aos fatos (inutilmente, já se vê), tendo ido à casa de um vizinho para desmancharem a tocaia ou, quem sabe, para ambos tentarem convencer o coronel a não enfrentar o passo fatal, na pior hipótese para acompanharem-no até lá, fazendo-lhe a guarda. Mas faltou-lhe tempo, tempo que resolveu vir bem frio e chuvoso naquele ano, matando inúmeras ovelhas com seu jeito molhado.

Alguém poderia falar de premonição, profecia, coincidência. De minha parte, porém, eu que não trato da vida real, quero crer que se trata de fenômeno de outra ordem, só compreensível na órbita e nos limites do método narrativo, ou em suas cercanias. Eis por que sou eternamente grato àquele Jesús Fuentes que Mempo Giardinelli fez florescer: começo enfim a imaginar a possibilidade de voltar a escrever, agora que surpreendo minha memória manancial e consigo enxergar, como que desde uma tocaia, a história do filho do posteiro Breno, Oracélio, cuja palavra vaticinou a morte de um contador de histórias.

1996

Dona Emiliana

Para a Maria do Horto, que é quem sabe a história toda.

O que me assombra na loucura é a distância – os loucos parecem eternos.

Hospício é Deus, Maura Lopes Cançado

Eu queria poder contar esta história como se fosse palavra a palavra, assim bem aos poucos, sem pressa, sem perder qualquer detalhe, nenhuma fisionomia, nada. Como se eu estivesse delineando um rosto, e-xa-ta-men-te: numa forma de bordado, ponto a ponto, bastidor firme, pano ajustado em tela, linhas escolhidas, cores e formas capazes de sugerir, mesmo quando vistas muito de perto, as menores nuanças do retrato e o conjunto todo.

Porque quando se vê um rosto de muito perto é comum não se conseguir realizar no cérebro todas as variações de luz que ele apresenta. Não há aí distância suficiente, é isso. E acontece de a gente mesmo borrar tudo quando se fica assim pertinho, à distância de um beijo, de um toque de mão. Falta perspectiva.

A história que quero contar eu a ouvi há muitos anos, depois conheci alguns detalhes por mim mesma, e certamente não a recordo bem. E com mais certeza ainda posso dizer que jamais conseguirei reproduzir a tensão que tomou conta do meu pescoço quando a ouvi e vi, muito mais jovem do que agora, com muito menos tempo.

Começa assim: lá pelo início do século, em plena Campanha gaúcha – aquela região aparentemente linear e simples de compreender, formada de campos longos, monotonamente lindos em qualquer estação, ou ondulados ou lisos, raras árvores –, ocorreu que uma tropa de gado ia sendo levada de uma cidade a outra. Fato totalmente normal, para o cenário e o momento, aliás. Na comandância do cortejo ia um homem, jovem; chamemo-lo Baltazar porque é um bom nome, sonoro e ademais bíblico.

Baltazar era, mais que o chefe, o dono das reses que iam à venda para abate, no matadouro de Uruguaiana. (Preciso logo dizer que, para quase vergonha minha, não conheço a cidade de Uruguaiana, apesar de todos os convites que os restantes parentes me fazem, sempre. Prejudico assim, com essa falha, a minha história?)

Pois foi que Baltazar, passando pelo lugarejo onde acontece a primeira parte da história, pediu pouso na casa do Coronel pai da moça por quem ia se apaixonar, como é de presumir antes mesmo de eu contar. Foi atendido de bom grado, de boníssimo grado, aparentado que era de um ramo da família da própria sogra do Coronel, uns Souza de já larga permanência no Rio Grande do Sul. Se instalou por uma só noite, jantou com a família toda, a mesa incluindo portanto a presença de Anna, a filha, a futura paixão, Anna com dois enes, Anna Maria.

Na madrugada do dia seguinte, muito cedo, inimaginavelmente cedo, Baltazar e o Coronel estão de pé, em despedidas, um já antevendo o longo da jornada ainda restante até o destino final, o outro comentando das coisas por fazer naquela circunstância, quando o jovem (não tinha ainda dito que Baltazar era jovem nesta altura dos acontecimentos?), com pouquíssimos prolegômenos se proclama apaixonado pela jovem Anna, a quem conhecera apenas no dia anterior mas que o fascinara de imediato, e pede, com o devido respeito, a mão da moça ao pai.

Posso imaginar, quase posso cheirar a cena. O velho Coronel está agradado do pedido, gosta do rapaz, é exatamente assim que ele esperava que as coisas acontecessem, um jovem de boa família e de boas posses apaixonado pela filha, a única mulher de sua prole, acredito que composta por mais dois ou três filhos homens. Sobe do chão um cheiro de manhã campeira, que não conheço muito mas bem intuo. O velho está de roupa adequada ao clima, à primavera que está exposta em tudo que vive.

Baltazar percebe o contentamento do virtual futuro sogro, imagina a mesma felicidade estampada horas depois no rosto e no corpo de Anna Maria, que no entanto ainda está na cama, certamente dormindo. Despede-se, anunciando que voltará de seu destino comercial dali a quatro dias, quando passará novamente pela fazenda, e espera, se não for pedir demais, que até lá o Coronel tenha pensado sobre o assunto, quem sabe mesmo possa apresentar uma resposta. Sacodem as mãos unidas em aperto quente e futuroso, homens senhores de suas vidas, homens que agem no mundo, homens no auge do desempenho de suas prerrogativas masculinas.

O Coronel conclui seu abano de saudação final a Baltazar, que vai a uma pequena distância, sobre o cavalo, já no comando da tropa de mais de cem reses e uns quantos peões, que pernoitaram ali mesmo no galpão. Entra em casa, serve-se de um mate, caminha um pouco até a sala de jantar. Está ainda saboreando o curso dos acontecimentos, congratulando-se pela sorte, pelo acaso, pela fração de história que lhe cabe viver no concerto geral do caminho do mundo, o qual, bem pesadas as coisas, faz muito sentido. Assim que Anna acordar, considera, vai-lhe repassar a nova e apenas esperar para confirmar o tremendo sorriso que se lhe abrirá no rosto, de par com o leve afogueado que certamente avermelhará um pouco o conjunto de sua figura.

Aqui, precisamente, uma nuvem vai obscurecer muito tenuemente a luz da cena feliz. O Coronel lembra da presença de Emiliana na casa.

Emiliana.

Nada há de mais grave em Emiliana, nem em sua presença na casa. Ou há algo? O Coronel sabe que Anna e Emiliana, primas em segundo grau, quase a mesma idade, gostam de conviver. Sempre que podem, estão juntas, embora uma more a mais de trezentos quilômetros da outra, em cidades muito afastadas. Mas nas épocas adequadas, quando por exemplo da viagem necessária do pai de uma delas até Pelotas ou Montevidéu, arranjam-se as famílias de modo a proporcionar a ambas o contato, o encontro.

Nessas oportunidades, chegam a conviver por dias, semanas a fio. Da última vez que Anna tinha estado na fazenda da família de

Emiliana, passaram-se quase quarenta dias até que a visitante resolvesse retornar, com o devido acompanhamento, a sua casa.

E agora, no momento em que eu pus aquela nuvem entre o nascente sol e o Coronel para indicar sua preocupação, já vão mais de sessenta dias, dois meses e tanto que Emiliana está na casa de Anna. E não dá qualquer sinal de querer ir-se embora. Daí que ele se tenha deixado aturdir pela coisa toda.

O que poderá Emiliana significar? Quando ouvi a história, achei comovente que duas amigas, seja em que época for, até mesmo no começo de século que serve de palco para esta história real, possam estar juntas, possam ter tempo de fofocar, de falar da vida, de traçar planos, de comparar expectativas, de jurar-se amor fraternal pelo resto da vida. Eu queria ter tido uma amiga assim, e isso nunca aconteceu. Se sou uma mulher como sou, de certo modo casmurra e solitária, muito pode se explicar por essa lacuna. E nunca, mas nunca mesmo, tal é a minha ingenuidade ou a minha boa-fé ou não sei o quê, nunca supus uma ligação homossexual entre elas.

Uma vez contei esta história a um grupo de colegas de trabalho, e a primeira reação de todas elas foi, na altura em que eu contava das longas visitas de uma a outra, um "aaaaaaaa" prolongado e de óbvia significação, na certeza de que o que as unia era algo que, como disse, nunca me havia ocorrido. Tantas voltas dá o mundo que nos dias de hoje tudo está, graças a Deus, sendo considerado sob um prisma mais relaxado, mais distenso, mais respeitoso da vida de cada um.

Mas estou demorando demais nessas preliminares. A grande história, ainda nem cheguei em seu início. Para resumir, vamos dizer que Emiliana significa uma amiga, confidente, cúmplice de Anna. E já morou em Pelotas, no principiozinho da adolescência, o que a torna em muitos aspectos mais destacada que Anna, que só conhece cidade grande de passagem, com estadia de poucos dias. E os dezessete ou dezoito das duas se povoam de sonhos.

O Coronel, na altura das oito horas da manhã, quando as meninas vêm ao café da manhã, anuncia à filha que tem algo importante para lhe dizer. Acho que Anna deve ter imaginado umas quatro ou cinco hipóteses e logo se fixado na certa: porque ela vira nos olhos de Baltazar, no dia anterior, todo o texto que o pai ia dizer dali a pouco – paixão, interesse, amor, casamento, filhos, a vida adulta, o futuro todo. Mas antes de falar o pai faz a restrição: "Só contigo eu quero falar"– e nem pisca para a outra.

Anna olha para Emiliana, em todo caso. Elas se entendem de primeira. A visitante, nada constrangida pela mensagem do pai da amiga mas ciente das circunstâncias adversas, levanta-se, pedindo licença antes, e deixa o caminho livre. O Coronel relata então à filha o pedido de casamento.

A reação de Anna não foi tão entusiasmada quanto ele imaginara, mas foi de franco contentamento. Ela de imediato diz que quer, que aceita, e está ansiosa por saber quando o verá de novo. O Coronel lhe diz. Ela afunda o olhar no café preto que ocupa a xícara até a metade, mal podendo esperar para contar a Emiliana.

Eu devia ter contado antes de tudo, antes mesmo de falar de Baltazar, por que ou como eu conheci esta história. Talvez. É que eu conheci Emiliana, Dona Emiliana. Alguns anos atrás ainda fui chamada para uma missa pelos dez anos de sua morte. Continuo relacionada com sua família, com os restos de sua família. Dona Emiliana, quando a conheci, era um fantasma que morava num casarão cinza chumbo, com janelas verde sujo, e só vestia uma bata branca comprida e sem detalhes, quase um saco de algodão sobre o corpo magrinho e alto. Tinha os cabelos compridos, usados soltos, o que era um despropósito para gente de sua origem e idade. Cabelos cinza também chumbo, com reflexos igualmente verdes, sujos.

A bem da verdade, só a vi, ao vivo mesmo, uma vez. Minha mãe me levou até sua casa. Eu devia andar pelos meus seis, oito anos, não mais que isso. A empregada abriu-nos a porta, fez-nos entrar e nos conduziu até a porta de seu quarto, de onde ela raramente saía. Mamãe fez soar a porta muda com o nó dos dedos. Esperamos um bom tempo. Então ela abriu.

Uma pequena fresta, apenas, não mais que um palmo de abertura. Pôs meio rosto, reticentemente, no vão aberto. Minha mãe disse "oi, tia Emiliana, como vai a senhora?" O fantasma que eu via não respondeu nada. "Sou eu, tia Emiliana, a Lazinha, filha da Leleta. Trouxe a minha Maricota para lhe fazer uma visita". Ela não disse nada.

Quando Emiliana ficou sabendo do pedido de casamento de Baltazar, deve ter achado maravilhoso, ela sempre incentivava sua Anna querida a tomar decisões. As duas comemoram, sorrindo uma para a outra, cúmplices como nunca.

Passam-se rapidamente os quatro dias. Baltazar está de volta, trazendo um anel de noivado para sua Anna. Chega-se à casa, sozinho, já sem os peões, que se foram de volta. É bem recebido pelo Coronel, com uma indesmentível cara de sogro satisfeito. Anna sorri para ele, estendendo a mão, que é logo beijada, com respeito.

A cena se encaminha fácil como literatura. Baltazar está banhado, já se passaram umas horas desde sua chegada, está de roupa limpa, a mais alinhada que pôde arranjar na cidade. É noite. Há uma janta, quase toda acontecida em clima ainda ideal. Poucas palavras. Olhares expressivos. Ninguém menciona explicitamente o casamento, mas todos os presentes sabem que este é o norte que orienta a todos aqueles corações.

Finda a janta, Baltazar e Anna ficam finalmente a sós, sob o caramanchão cheiroso do largo diante da porta externa da sala de jantar. Não consigo imaginar com precisão as frases que trocaram, as palavras carregadas de amor e desejo, os suspiros românticos. O tempo está parado entre eles.

Chega que, num dado momento, Anna busca o tom mais casual que conhece para apresentar a única e pequena exigência que fazia ao futuro marido: que iria com ele, casaria, lhe daria os filhos, tudo; só que Emiliana iria junto. Moraria junto com eles. Era grande amiga, elas já estavam morando juntas há mais de mês e queriam continuar morando juntas.

Baltazar não conseguiu dizer nada imediatamente. Quase não acreditou, a rigor, no que ouviu. Sem alterar um só traço do rosto respondeu que não. Estava certo de que uma posição firme, de sua parte, reverteria aquela bobagem, aquela fantasia de menina, aquele absurdo. Ela, no entanto, com uma veemência que nem sonhava ter, disse que então não se casava. Serena. Ele ficou calado por instantes. Depois disse que, se assim era, assim seria. Levantou-se, foi ao quarto, recolheu sua pequena bagagem, saiu da casa, foi à mangueira, encilhou o cavalo e foi embora. Não se despediu do Coronel nem de ninguém. No caminho recém tomado jogou fora o anel de noivado, com caixa e tudo, e nem o atirou muito longe, só o deixou cair.

"Trouxe a minha Maricota, a Maricotinha, tia Emiliana", minha mãe repetiu. Ela não pareceu mudar a aparência, acho que nem me reconheceu. Só fez avançar um dos braços para fora da porta, na direção da minha cabeça, e tocou-me o punho, os dedos recolhidos para dentro da palma da mão, tocou o punho na minha testa dizendo "Deus te abençoe, minha filha". E fechou a porta.

Meu susto ainda está inscrito, a fogo, no meu coração de menina, que ainda carrego comigo. Fiquei sabendo, ao longo dos anos, que as duas, Anna e Emiliana, viveram juntas até o fim da vida de Anna. Depois é que Emiliana veio morar no casarão cinza tétrico, onde viveu até morrer.

1996

Entrevista: um pós-conto

O jornalista: – Por que o nome *Introdução geral à alma alemoa*?

O escritor: – Primeiro, porque a literatura é uma forma de conhecimento; segundo, tem que ser "alemoa" porque "alemã" é da Alemanha, e eu falo da colônia e seus sucedâneos.

O jornalista: – Teus contos têm alguma coisa em comum?

O escritor: – Sim, por certo: foram todos escritos por mim. Além disso, todas as cenas são rigorosamente verdadeiras, mesmo as que nunca aconteceram.

O jornalista: – ?

O escritor: – ...

O jornalista: – Ããn, eu queria te colocar um problema que é super-atual: não te parece que tu conservas um certo ranço antigo, meio realista, quero dizer, algo meio desusado, de certa forma meio ultrapassado, um lance pré-Joyce, pré-Proust, tipo século passado?

O escritor: – Talvez seja hora de eu admitir, de público, que eu faço parte de um esquema supranacional. Eu recebo anualmente uma grana da Quarta Internacional Realista, uma entidade financiada pela Ford Foundation cujo interesse é resistir ao pós-moderno. Por isso.

O jornalista: – ?

O escritor: – É isso, que é que eu posso fazer?! São compromissos antigos meus.

O jornalista: – Bem, deixando essa questão, vamos falar das tuas leituras, tua formação.

O escritor: – Olha, eu posso mencionar que na terceira série do ginásio, aos treze anos, eu fui obrigado a ler *Os Sertões*, o que não é bolinho. Daí por diante tudo correu normalmente. Ah, e eu fui várias vezes escalado para declamar poesia, desde o primário.

O jornalista: – E que mais?

O escritor: – Posso dizer que estou aprendendo a ler alguns outros, e sei cada vez menos.

O jornalista: – Tu gostas de poesia? Lês?

O escritor: – Claro, gosto de muita coisa, mas é preciso saber quais são os ódios principais do sujeito na área da poesia. Em poesia, o desagrado define mais. No meu caso, eu odeio principalmente poesia concreta diluída. Tu viste aquela do Décio Pignatari chamada *Femme*? Pois ali está tudo, da forma mais representativa: machismo, trocadilho baixo e falta de humor. Não é o máximo?

O jornalista: – Outra questão: alguns personagens teus apresentam, como vou dizer?, uma forte dose de fantasias sexuais, e olha, sendo bem sincero, muitas delas são francamente demodês. Não?

O escritor: – Confirmo. E mais que demodês são, de certa forma, elitistas, porque se subdividem, como nos concursos de fantasia de carnaval, em duas categorias, luxo e originalidade. Eu mesmo sou o júri, e dou nota e tudo o mais.

O jornalista: – Para encerrar, quais são teus planos?

O escritor: – Eu vou te responder com uma historinha, e por favor não a compreendas muito rápido. Tu sabes, o Balzac tinha sobre sua escrivaninha um busto do Napoleão, e ao pé da estatueta ele escreveu: "O que ele começou pela espada, eu vou continuar com a pena". Quanto a mim, tenho sobre a minha escrivaninha um busto do Bento Gonçalves.

1996

Esparsos: notas para futuros contos e outros escritos

> Literature always anticipates life. It does not copy it, but molds it to its purpose.
> (A literatura antecipa a vida. Não a copia; molda-a segundo seu propósito.)
>
> *The decay of lying*, Oscar Wilde

1. Título para um conto de vingança: "Menos a tua alegria". A frase de abertura ou de fechamento pode ser assim óbvia: "Posso perdoar tudo, esquecer tudo, menos a tua alegria". Ou a frase fica melhor disfarçada no meio do texto? No fim, parecerá um soneto parnasiano – o que afinal não é tão ruim assim.

2. Ideia para uma ficção metaliterária: Balzac nunca parou de deplorar as saudades que sentia de uma obra sua da infância (ou adolescência), extraviada ou algo do gênero, o *Tratado da vontade*. Isso é verdade, atestada pelo Paulo Rónai na edição das obras completas pela Globo. Daí é assim: um rapaz de 16 anos com experiência semelhante, teve (ou alega que teve) um texto seu roubado/censurado/rasgado, em todo caso perdido por um seu professor de colégio (genioso, maluco). Faz fama por isso mesmo, por ter sido vítima do autoritarismo. Vira lendário entre os colegas, vira um caso na cidade, celebridade instantânea (a época é a da ditadura, tipo 1973, e o cara se torna uma espécie de símbolo de resistência da juventude contra a estupidez reinante), dá entrevistas para todos os jornais. Fica conhecido como "o" escritor da nova geração. Entra para a faculdade de Jornalismo, já afamado, e cultiva a fama: sempre que pode dá

declarações, é frequentemente solicitado a dar palpites sobre coisas, em enquetes, em programas de entrevista de rádios e tevês. Integra todos os júris de concursos de poesia colegiais, júris de festivais de canção, etc. Cada vez que relata a história de seu texto roubado, que afinal nunca ninguém leu, conta o enredo dele de maneira diversa, mais sofisticada, agregando personagens novos, novos cenários. O texto que não existe se torna às vezes um romance, às vezes um tratado sobre o sentido da vida. Sua hora da verdade, porém, se aproxima. Ele está concluindo o curso, é preciso mostrar serviço. Começam a cobrar-lhe textos, de qualidade, já que ele é tão bom assim, e ele nada consegue produzir. A fantasia de seu texto perdido não é mais suficiente para garantir-lhe prestígio.

3. Trocadilho inicial para um poema concretista metafísico (uma espessa impossibilidade, como se pode imaginar): SER = RES.

4. Outro enredo: o cara é um candidato a Balzac, escreve bastante e bem. Faz um imenso e variado painel da vida porto-alegrense, com tipos representativos. Mas escreve de tal forma que suscita forte reação: as pessoas que se sentem descritas naqueles tipos característicos (gringo arrivista dono de churrascaria ou restaurante que serve só aquele arremedo de fricassê de galinha; alemão aristocrata e bobalhão nascido em São Leopoldo e entendido em artes plásticas; suburbana ajeitadinha que faz Letras; moça fina pelotense que mora em Porto Alegre, imediações da Duque; filho de fazendeiro de Bagé que faz Veterinária e promove bebedeiras e orgias no apartamento em que mora, perto da 24 de Outubro; senhor de classe média estável, filho e neto de funcionário público, morador da Rua da Praia perto da Usina; suburbano barulhento habitué do Bonfim nas madrugadas; militante de esquerda quarentão que descobre não ter rumo certo na vida após vinte anos de luta; etc.) escrevem para ele para reclamar da descrição, julgando-a sempre uma ofensa pessoal. O escritor marca encontro com todos eles para explicar tudo, na esperança de convencer a todos.

5. Conto rápido: adolescente apaixonado (primeiro amor) leva a guria, sua colega de colégio, até a casa dela, na saída da aula, a um meio-dia de primavera feroz. Está tão enlevado que até faz carinho no cachorro dela, ele que odeia e, mais que isso, teme mortalmente o bicho.

6. Edição de poemas corrigidos: poeta frustrado edita um livro de poemas de outros autores, mas corrigidos, para melhorar. Troca palavras, ajeita a pontuação. Preferência por poemas de autores brasileiros contemporâneos.

7. Conto católico perverso: um sujeito vai ao confessionário mas, ao invés de relatar pecados, inventa uma história fascinante, cujo principal personagem é o próprio padre que está ouvindo a confissão. A história é montada a partir de dados verossímeis da vida do padre, segundo fofocas que correm no bairro.

8. Frase de uma personagem fofoqueira, mulher, "do lar" mas atenta leitora de psicologia de revista feminina e vida de artistas, que passa todo o tempo assuntando a vida dos outros, para uma vizinha sua a quem conta uma imensa mentira inventada por ela mesma só pra atazanar a vida da outra: "Olha, tu me desculpa eu te contar tudo isso, mas eu só tô te dizendo pra te ajudar, como um subsídio pra tua terapia".

9. História pungente, a ser narrada a sério: homem maduro, bem casado, carreira sólida na advocacia, de origem socialmente bagaceira mas bem sucedido por esforço próprio; o detalhe de seu jeito de ser é que usa os punhos das camisas abertos, não consegue fechar os botões porque acha desconfortável, sente-se preso, mesmo estando de paletó; certo dia, andando nas imediações da zona onde conheceu o sexo, vê a mulher com quem se iniciou, reconhece-a fulminantemente, e percebe que ela é, então, uma mendiga (ele pensa "mendinga"), que

pede esmola para sobreviver. Passa a seguir, incógnito, a mulher, porque pretende ajudá-la. Compra um rancho no supermercado e se dá por feliz e libertado. Depois conta a história para seu filho adolescente como lição de vida.

10. Conto pedagógico, para as novas gerações aprenderem como era diferente o mundo do sexo nos anos 60 e 70 (a partir do relato de um amigo meu, o Toninho, que jura que a história aconteceu): dois amigos abrem uma agência de propaganda, totalmente amadora e virtualmente mal-sucedida, e inauguram a prática de entrevistar por escrito as candidatas a modelo. Querem comer todas, este é seu verdadeiro objetivo, mas não sabem de que modo chegar lá. Daí que põem no questionário uma pergunta que julgam suficiente para saber se a guria dá ou não dá: "Fotografa lingerie?"

11. Enredo para noveleta de circunstância. Jovem jornalista interiorano está vencendo em Porto Alegre, na especialidade que mais desejava, a crítica literária. Começa a ganhar espaço até na crítica de comportamento. É já quase um cronista, em sua opinião e na de seus superiores do jornal. Ocorre que, ao exercer a crítica literária, sempre foi guiado por um rumo absoluto: elogiar os consagrados e meter pau nos jovens candidatos a escritor, mesmo os talentosos, a quem faz restrições pela "perigosa ousadia". Enfoca o lado razoável de medíocres estabelecidos (costuma sempre iniciar o elogio escrevendo que o livro em causa é um "denso inventário da crise de paradigmas", ou algo do gênero) e salienta as eventuais fraquezas dos jovens. Começa a subir mais na sociedade porto-alegrense, que lhe perdoa todas as besteiras por causa do lugar que ocupa no jornal, que é de larga circulação, e lhe convida para vernissages, lançamentos, festivais, saraus, festas. Um dia, uma mulher por quem se apaixona (será necessário que a personagem feminina esta seja absolutamente maravilhosa, bonita, charmosa, rica, inteligente, sensível, etc.) lhe dá rala mas preciosa atenção, numa festa na casa de um anfitrião riquíssimo cuja esposa está tentando consolidar carreira como escultora e poeta. Ele está no nirvana. Mas a mulher lhe faz um desafio: que

fale mal, que faça restrições críticas a alguém famoso, por exemplo ao recém-saído livro de uma das cavalgaduras estabelecidas na literatura provincial, sujeito que edita muito e ademais também pratica a crítica literária; então, diz ela, ele ganhará respeitabilidade a seus, dela, olhos. Ele entra em crise, porque seu emprego pode bailar, pode não ser mais a unanimidade que é, pode ser obrigado a uma posição desconfortável – a dos que se dispõem ao risco. Tem pesadelos com a coisa toda. Quer muito namorar a mulher, porque isso lhe trará o coroamento de sua ascensão, mas teme o outro lado da equação. Começa a duvidar de si mesmo. E bola uma estratégia sofisticada: lança um livro de contos muito ruins, que ele sabe sem qualidade, para que de alguma forma o tal escritor se obrigue a falar mal dos continhos, com o que ele poderá escrever contra o cara. Mas ocorre que tal não acontece: seu péssimo livro é elogiado unanimemente, pelo escritor esse e por todos os outros.

12. Outro trocadilho para poema concreto: VER E FICAR versus VERIFICAR. O assunto do poema será a vida dos fiscais do ICMS que vão para cidades do interior do estado a trabalho e acabam morando lá.

13. Conto sobre infância: o guri tem cinco anos e uma fértil imaginação. No jardim de infância passa todos os recreios com um coleguinha a quem conta, cada dia um pouco, o desempenho fascinante de uns fantásticos bonecos de plástico que um seu tio, piloto da Varig, trouxe do exterior. O ouvinte bebe a fantasia como verdade. O guri sofistica sempre mais as qualidades mecânicas dos bonecos: eles falam o que quiserem, podem se movimentar até mesmo durante a noite, quando o próprio dono deles está dormindo, eles se alimentam só de um pó especial que ele, o dono, precisa roubar de uma oficina mecânica que tem do lado da casa de um tio, lá na Medianeira. Um dia se dá conta de que o amiguinho pode querer ver os bonecos. Passa a ficar arredio. Sonega outras histórias ao amigo, que lhe pede sempre mais. Sente-se refém do ouvinte. A história toda acaba quando o narrador, certa manhã, com a cara mais deslavada do

mundo diz ao amigo que tudo não passou de uma história inventada. Ele sai feliz da vida.

14. Título para conto maldoso, escrito por um senhor respeitável sobre uma mulher a quem amou décadas antes mas que não o quis naquela época – e no presente do narrador-senhor ele é que não quer mais, se arrepende de ter gostado dela e quer deixar bem claro para ela e para os amigos que sabiam do antigo amor que *ela* é que não valia nada, porque se fazia passar por grande dama da aristocracia gaúcha quando não passava de uma filha de comerciante enriquecido com secos e molhados, condição esta que se denunciava em detalhes da indumentária: "Sandália dourada, nunca!"

1996

Muito pior

Para que produzir uma obra, se é tão belo sonhar com ela.

Pier Paolo Pasolini

Às vezes tenho medo de escrever, aliás, tenho medo de esquecer as histórias que imagino, que lembro e que desejo. Estou caminhando na rua, uma imagem me atropela: estou dirigindo o carro por uma avenida de velocidade bastante alta, não posso parar, e a ideia-imagem (às vezes é só uma palavra) fica pendurada na ponta de um pensamento, prestes a perder-se no abismo da rua; faço força, improviso uma associação mnemônica pra não perdê-la. E quase sempre é inútil. Passam-se uns segundos, o tempo de trocar a marcha e ligar o limpador de para-brisa (está chovendo) – pronto, lá se foi a ideia.

Eu sei que tem gente que acha o contrário, que se a ideia, a imagem, a palavra fugiu, cristal não era, e convém mesmo que se perca na noite da memória. Mas eu não, eu cultivo cada uma que ocorre de me atravessar o passo.

Estou andando de carro, com as mãos ocupadas portanto, e vem: um certo jeito de infletir as pernas que tinha M. Ah, M., grande mulher – a associação é vertiginosa, entram em sucessão imprecisa seus olhos, seus ombros, seus seios magníficos, sua bunda, e principalmente as pernas, do ventre aos pés, dos pés ao ventre, quase fecho os olhos para lembrar melhor, para desejar melhor, mas não posso, o trânsito não para, saboreio a passagem de um filmezinho mental em que ela me abre a porta de sua casa, está de short curto e as pernas descobertas, os pés mal tocam o chão, ela me pega pela mão e entramos.

Está prometido o amor, e nos abraçamos fortemente, eu levo a mão direita até sua bunda e acaricio a curva do encontro com a perna e ela se encolhe um pouco, se retesa um pouco, depois acomoda melhor a cabeça no meu peito e imediatamente quero tirar-lhe toda a roupa, nunca estupidamente, só o que impede é que devo dobrar à direita na rua que dá acesso à minha casa.

Ela pergunta o que foi e eu digo nada, foi só a esquina, e volto a apalpar-lhe o corpo. De imediato caminhamos até o quarto onde vamos deitar.

Estaciono e tenho vontade de não sair do carro, uma porque a chuva está forte, outra porque a música que toca no rádio é agradável, e além de tudo porque agora fora do trânsito posso fechar um pouco os olhos e continuar lembrando, desejando, que o quarto esteja de acordo com o momento, apagamos a luz do teto e só resta o abajur ligado, espalhando conicamente uma luz macia, quando ela pergunta trouxeste a chave?

Bato a ponta dos dedos no bolso da calça, está lá aquele monte de chaves que carrego sempre. Abro os olhos e decido sair do carro, com chuva e tudo, assim que chegar ao apartamento, prometo a mim mesmo, vou ligar para M. e perguntar se não é legal a gente se ver, que tal eu ir até aí, a gente pode ver um filme, e tal.

Mas chego e tudo que faço é ter medo de esquecer.

1996

As fotografias

O retrato não me responde,
ele me fita e se contempla
nos meus olhos empoeirados.

"Retrato de família",
Carlos Drummond de Andrade

O gesto é decidido e inestancável: pega no centro e no alto da fotografia com os polegares e os indicadores bem pressionados, dois a dois, puxa a mão direita para junto do corpo enquanto afasta a esquerda para longe de si. A fotografia se parte em duas metades imperfeitas, e em cada uma delas fica um punhado de gente.

– Uns parentes que nós nunca mais vamos ver – diz a mulher que acabou de rasgar a foto. – Uns parentes que nós nunca vimos, pra dizer a verdade. Uma gente que nunca prestou atenção em nós. Então pra que é que nós vamos guardar isso aqui? Pra quê?

Joga as duas metades sobre a cama, sem olhar para a menina que está com ela e que é sua irmã, bem mais nova e muito mais perplexa com o mundo. A que rasga as fotos não parece ter dúvidas sobre o que fazer naquela hora: morto o pai, enterrado na manhã do dia anterior, agora é tratar da vida, o que implica desmanchar nexos indesejados, apagar rastros, mudar as coisas. O pai morreu, isto é tudo, não há o que dizer ou pensar, nem mesmo sentir. A ação mais consequente que consegue imaginar é precisamente esta, que desempenha agora: rasgar as fotos antigas.

– Todas as fotos? – é o que consegue perguntar a irmã mais nova. – Tu acha que é certo rasgar todas as fotos?

A mais velha nem responde, não entende a pergunta, que além disso é formulada a meia voz, sem convicção, com uns nós na garganta. A mais nova é assim mesmo, delicada ao ponto de às vezes não conseguir dizer nada, mesmo que às vezes ao custo de perder a paz por muitos dias.

A mais velha toma outra foto; levanta-a à altura dos olhos, para que ganhe a luz necessária à visão clara. Outro grupo de gentes que ela não conhece. Uns homens de barba branca, umas mulheres de preto. A mais nova muda o corpo de lugar, aproximando-se da mais velha, para ver melhor a imagem, e logo percebe tratar-se de uma sala de casa. Uma sala organizada como em domingo festivo antigo. O sofá de palhinha está ocupado pelo casal mais velho do grupo.

A mais velha parece ter ficado incomodada pelo fato de a mais nova ter-se aproximado tanto assim da foto, da velharia, daquela gente que morreu, em sua opinião, junto com o pai. Tão incomodada que não dá prazo algum: rasga a foto ainda com mais gana do que antes, e mais de uma vez.

Agora restam uns pedaços disformes sobre o lençol da cama – a cama é de ferro e serviu muitos anos ao pai e à mãe das duas. Uns pedaços de borco, outros permitindo a visão de rostos e cenas. Um fragmento preservou inteiro e perfeito um braço que segura um chapéu militar junto ao corpo. A mais nova pega este pedaço na mão, brinca com ele um pouco, mas é interrompida pela mais velha, que o agarra e o corta em dois e em quatro outros pedaços.

– O pai morreu, tu não entende? Morreu, morreu, morreu – grita a mais velha, esganiçando a voz, como a dizer que não há volta para as fotografias, que devem seguir o mesmo destino, o do pó.

A mais nova recolhe uma mão na outra, baixa os olhos para o chão. Sabe que nada vai trazer seu pai de volta. Ouve ainda a irmã mais velha romper mais e mais papéis, mais e mais fotos, mais e mais cenas familiares. E descobre, sem entender direito, que o passado não sabe reclamar quando está sendo esquecido.

2002

Cidade grande

> Por entre objetos confusos,
> mal redimidos da noite,
> duas cores se procuram,
> suavemente se tocam,
> amorosamente se enlaçam,
> formando um terceiro tom
> a que chamamos aurora.
>
> "A morte do leiteiro",
> Carlos Drummond de Andrade

I

A resolução do enredo será assim: o motorista de táxi matará um pedestre.

Estará dirigindo, numa madrugada chuvosa (talvez fria, isso se decide depois), após horas e horas em que terá circulado à toa pela cidade – realmente horas e horas, será preciso pensar em como sugerir a lenta e descontínua passagem das horas na vida medíocre de um taxista: se pela lentidão do próprio texto, como frases longas, de 10 ou 15 linhas, com muitas interpolações, adjuntos adverbiais de tempo, modo e lugar, se por uma sequência de alusões incrustadas nos adjetivos e advérbios (tardo, lerdo, fluido; mansamente, lentamente, sofridamente), mesmo na pontuação. De todo modo, será preciso ler antes "La lenteur", do Milan Kundera, que uma amiga lhe presenteou anos atrás e nunca foi lido ("Comprei num sebo. Não é surpreendente que na cidade haja sebos tão ricos?", ela perguntou, para efetivar a ênfase do gesto de presentear e para sublinhar a queridice de estar ofertando o presente inesperado, para comentar a necessidade de lentidão, de baixa velocidade, de ir contra a correria alucinada que nos exigem todos os dias).

O motorista terá tido uma noite trevosa (bom adjetivo), a partir da cena anterior, aquela em que ele pela primeira vez fez seu carro colidir em outro, tantos anos de habilitação, tantos anos de profissão, e nunca ter havido colisão.

II

O motorista saiu de casa espumando de raiva, bufando, furioso. Sua esposa gritara destemperada, alucinada, enlouquecida. Reclamara de tudo: da vida medíocre que levavam, do filho que estava claramente envolvido com drogas, da filha estúpida que jurava que seria modelo e manequim para ganhar muito dinheiro e fugir daquele horror que era aquela cidade e aquela família. Reclamara do dinheiro curto para a reforma da casa. Reclamara.

Ele estava atordoado. Pegou o táxi e, como fazia há vários meses, quase um ano, saiu para trabalhar à noite. Sempre preferira trabalhar de dia, porque era mais seguro; mas nos últimos tempos, no último ano, a noite parecia mais acolhedora: trabalhando nela evitava os confrontos, dormia até o meio-dia, não encontrava a mulher de manhã, pior horário de seu humor; não encontrava o filho, que saía para o colégio e nunca se sabia quando voltava; não encontrava a filha, que o desprezava, entre outros motivos pela profissão, motorista de táxi, coisa baixa na opinião arrivista dela.

Ele sai de casa, começo de noite, seis horas. Chega ao ponto fixo que frequentava. Espera passageiro. Começa uma chuva. Ele no táxi, ouvindo o noticioso: o técnico de seu time acabava de cair, em função dos recentes resultados; o ministro da Fazenda explicava, de viva voz, a medida que restringia o crédito para o consumidor final; o governador saía em viagem para assinar convênio de cooperação com uma província japonesa.

Seu carro chega à ponta da fila; entra uma passageira, senhora jovem, acomoda-se com duas sacolas de compras e diz: "É na Medianeira. Rua Ferreira de Sá. O senhor sabe onde é?"

Ele não sabe onde é, não faz a menor ideia de alguma rua Ferreira de Sá. Medianeira sim. Medianeira, mais ou menos: um bairro lá longe. Passa a Cavalhada, passa Nonoai. Sobe pela Gomes Freitas. Sobe a Gomes Freitas? Onde é a ponta da Gomes Freitas? Precisa passar pela rótula ou não?

Tudo isso em sua cabeça, tudo isso em um segundo. Ele não sabe onde fica nem sabe como se chega lá ou como se chega perto. Trabalha na porra do táxi em Porto Alegre há três anos, quase quatro, e não sabe onde é a Ferreira de Sá, e não sabe bem como funciona a Medianeira.

Sua cabeça ferve, naquele segundo. Precisará pedir um roteiro, um caminho, para a passageira. Hesita um pouco mas resolve admitir: "A senhora me desculpa, onde é a Ferreira de Sá?"

É uma confissão que não gosta de fazer. Em sua profissão não basta saber manejar o carro; ele deveria ter de cor os caminhos, os desvios e os atalhos da cidade. Mas não sabe.

"O senhor não conhece? Ninguém conhece mesmo. É uma rua pequena, sem saída. Fica depois da..."

Ele não consegue articular a informação com a iniciativa de arrancar o carro. Um sinal de luz vindo de trás adverte-o de que precisa sair dali, já o táxi que estava atrás do seu está com passageiro e quer cumprir seu caminho, ir adiante, e ele ali, parado, sem ação, estúpido.

Engata a primeira e ainda pergunta: "Saímos por aqui mesmo, pela Borges?" "Sim", responde a mulher.

E depois da Borges? Sigo sempre? Entro na Perimetral? Pego a Cascatinha?

Isso ele pensa, sem abrir a boca. E arranca.

Ao arrancar o carro, não vê um pedestre que passava justo a seu lado. O pedestre grita, "Calma, corno"; o taxista pensa em responder, mas evita olhar para a cara do homem, e sai.

Sai e bate num carro que entrava justamente no espaço à esquerda, aquele que parecia disponível para seu táxi. Bate com o para-lama de seu carro na ponta do para-lama do outro. Como se os carros se houvessem concedido mutuamente um beijo, desses beijos vadios que se dão nas faces de conhecidos, bochecha com bochecha.

É a primeira batida em tantos anos de profissão, desde que começou a dirigir o ônibus da empresa de sua terra natal, aos 19 anos, mal saído do quartel. A primeira batida.

Não sabe bem o que fazer, se pede desculpas para a passageira, que nesta hora já trata de meter as mãos nas alças das sacolas para descer e tentar melhor sorte com outro taxista, se abre a porta para sair ele mesmo do carro, o que está quase impossível porque o outro carro está muito perto do seu, se grita para o outro motorista alguma barbaridade, porque afinal ele tinha acionado o sinal de pisca-pisca para sair. Não sabe se grita toda a bronca contra sua esposa megera, que nesta hora estará vendo mais um capítulo de alguma telenovela. Se desaba no volante. Se desmaia.

Não sabe o que fazer.

III

Mas tudo isso precisa ficar caracterizado mais como clima do que como ação. Nem precisa ler Kundera nenhum para saber que as opções disponíveis para um escritor, hoje, são variadas, e a que mais lhe agrada é a da sugestão, contra o brutalismo de tipo naturalista. (Ele chega a desconfiar da validade dos procedimentos naturalistas abrutalhados, que podem gerar o efeito contrário ao pretendido: ao invés de deixarem o leitor desperto para os horrores da vida, podem deixá-lo anestesiado.)

Se tivesse temperamento para coisas brutais, a cena poderia ter um andamento muito distinto: flagraria o suor correndo pescoço abaixo do taxista, a cara de susto da passageira que queria ir até o remoto bairro da Medianeira, talvez recuperasse um pouco da tarde da mulher, ela comendo alguma coisa num café do Centro. A mão crispada do taxista, agarrando o volante com a gana que ele queria ter mas para enforcar sua odiosa mulher. A imaginação do taxista voando para perto dessa megera que se passa por esposa: ele contando a ela que havia batido, que pela primeira vez em sua longa vida profissional havia batido, logo ele, sempre tão orgulhoso dessa espécie de recorde íntimo. Ele dizendo a ela isso tudo e esperando sua compreensão, a compreensão que ela nunca mais tinha demonstrado para com ele, desde que haviam vindo morar na capital.

Mas vê como é a coisa: já agora a narração teria voltado naturalmente a ser mais de clima do que de ação, mergulhada apenas no pensamento do taxista e abandonando suas ações, seu suor, suas mãos crispadas.

IV

Após a estúpida batida, o taxista vê sair a passageira, que ainda diz entre-dentes alguma coisa contra ele (talvez "esses incompetentes"), vê descer o motorista do carro em que bateu, que tem tempo mesmo de ver sua inação, sua incapacidade de reagir. Mais buzinas machucam o ar, ferem seu ouvido, se misturam à noite molhada que começa.

Para sua sorte, o sujeito em cujo carro bateu é conhecido, é taxista também. É um sujeito de bom humor, que logo vê o pequeno, o insignificante do estrago e diz, voltando a entrar em seu carro, que depois eles conversam, que não foi nada, que tudo bem, que o negócio é pegar passageiro, porque a fila estava grande e era hora de faturar.

Algum alívio no coração do taxista. Diminuiu a vergonha por ter causado um acidente, ter atrapalhado o trânsito e ter perdido uma passageira. Consegue suspirar fundo e, dando-se conta de que seu carro ainda atravancava a passagem, arrancar, desta vez olhando com mais atenção.

Sai, e se dá conta de que não tem passageiro algum no carro. E agora ficou estranho, porque o combinado com os colegas é que ali, naquela zona, só nos pontos de táxi se pode pegar passageiro: os taxistas fazem fila, esperam sua vez, e não toleram que algum deles fure a combinação e pegue um passageiro em outra parte. Não por ali, naquela zona.

O taxista percebe, então, que precisa andar, sair dali, tomar algum rumo, qualquer que seja seu destino.

V

Não é tão fácil representar a cena sem recursos naturalistas. Como dar ao leitor a impressão da chuva, num cair de noite, verão, numa cidade que é úmida sempre e por isso fica irrespirável quando chove? E como fazer o leitor imaginar o que é o cheiro molhado de um táxi num dia desses, mesmo que seja um táxi bem cuidado, como é o caso deste, que acabou de bater, mas pouco, sem maiores problemas?

Ele não sabe bem como contar de forma a sugerir isso tudo. Sabe que o enredo seguirá assim: primeiro, o taxista resolverá andar à toa, sem rumo, meio que fugindo de pontos em que poderia encostar para colher passageiro; segundo, o taxista vai deliberar intimamente, ainda que com algum receio, que não quer pegar passageiro nenhum naquela hora, naquela noite.

Mas por que não quer pegar passageiro, se é um taxista e vive disso? Porque não quer correr o risco de precisar mais uma vez, como faz muitas vezes e sempre com vergonha, dizer que não sabe onde fica uma determinada rua num bairro cuja geografia ele não domina. Não quer, por nada. Não toleraria mais uma vergonha de precisar voltar a cabeça para trás e dizer, humilde e triste: "O senhor pode me dizer onde é que fica, como é que se chega lá?"

Está bem, não quer passar por esse ridículo; mas e o que fará a respeito do dinheiro que vai deixar de ganhar? Vive apenas desse dinheiro, não tem outra fonte de renda. E vai logo lembrar, com angústia crescente, que sua mulher tem se mostrado uma consumidora frenética, uma mulher insensível para as limitações do orçamento familiar. E a filha quer gastar dinheiro para pagar um fotógrafo e fazer um álbum de si mesma, para ser modelo. E ele não terá dinheiro, porque não quer pegar passageiro, porque não quer correr o risco de ver sua ignorância geográfica enunciada.

VI

Está andando pela noite da cidade molhada, sem rumo certo, seguindo o caminho que esteja desimpedido. Uns três candidatos a passageiro já fizeram sinal para ele; ao primeiro ainda respondeu, com um gesto sem significado claro, que talvez quisesse dizer "Não, desculpe, eu tenho um compromisso urgente marcado há mais tempo e não posso", mas também queria dizer "Me esquece, eu tenho vergonha de estar aqui" e ainda "Será que não dá para ver que eu quero ficar sozinho aqui, penando as minhas dores no escuro do meu carro, sem ninguém por perto de testemunha?".

Anda e anda, e em sua cabeça coisas antigas e novas se misturam, sem tamanho nem forma. Os tempos de sua juventude, quando aprendeu a dirigir caminhões e ônibus, no quartel em que serviu, na cidade natal. O gosto masculino de controlar as imensas máquinas por caminhos ruins. As gargalhadas reais ou imaginadas ao transpor obstáculos. A alegria de ser reconhecido como "braço", logo ele, um guri de infância pobre, cuja família nunca tivera um automóvel que fosse.

A mulher gritando com ele, "Mas que merda é essa de não querer pegar passageiro?", "Onde é que tu tá com a cabeça que acha que pode deixar de trazer dinheiro pra casa?". Ele não respondendo. Ele dando as costas para os gritos da mulher e indo em direção ao banheiro, onde ia mijar de porta aberta, fazendo bastante barulho, para irritar a mulher, que achava as duas coisas o fim da picada em matéria de grosseria. Ou ele encarando a mulher bem no meio dos olhos, sem piscar, e respondendo "Merda é o caralho, eu não quis e pronto". Ou ele agarrando a mulher pelas bochechas, de baixo para cima, com uma só mão, e dizendo "Me esquece, por favor" com os dentes quase juntos e os lábios mal mexendo, de tão franzidos.

Ele começando a dirigir ônibus, em sua mesma cidade natal, entre o centro e os distritos. Ele ainda feliz, manejando aquela máquina velha mas possante, porta automática acionada por pressão não muito silenciosa, nem muito confiável. Ele vendo subir e vendo baixar a gente que conhecia, toda ela, quase sem exceção. Conhecia aqueles passageiros pelo nome, ou ao menos pela família, ou no mínimo dos mínimos pela região. Conhecia a ponto de saudar. Conhecia e era saudado por todos pelo nome. Tempos em que não era apenas um taxista entre milhares, numa cidade monstruosa, grande e molhada, que se recusava a entrar em sua memória. Numa cidade interminável, insondável, impossível de memorizar em seus detalhes, em suas ruas que não faziam sentido, que começavam e não terminavam, que se fundiam, que tinham dois nomes, que tantas vezes pareciam tão iguais.

Anda e se vê andando pela noite da cidade ainda chuvosa. Conforme sai do Centro as coisas mudam, o movimento diminui, os candidatos a passageiro escasseiam, e mais se ouve o barulho dos pneus no chão molhado, e mais ele pensa em si e em sua tristeza.

VII

Entre este momento de tristeza do taxista e o momento de desfecho, como narrar a história? O desfecho é certo: o taxista vai matar um homem, um pedestre, um candidato a passageiro talvez. A morte será instantânea, porque o pedestre baterá com a cabeça no cordão da calçada, perderá os sentidos e, sacudido pelas mãos crispadas do taxista, não reagirá: assim como o taxista deixar um braço, assim o braço ficará; a cabeça penderá deselegantemente, o queixo quase entrando na caixa torácica; um pé ficará virado para dentro, com o bico trancado no asfalto da rua, e a perna deste pé ficará arqueada desgraciosamente, quase quebrando.

O taxista o matará. Mas quererá matá-lo? Ou será acaso? E será possível que seja acaso um atropelamento na madrugada molhada, já sem a chuva, que parou antes, na madrugada em que um taxista rodou dezenas de quilômetros pela cidade recusando-se sempre a pegar passageiro, numa atitude claramente agressiva?

Mas como será "agressiva" a atitude de um motorista profissional entristecido? – pensa ele, tentando imaginar o taxista não como um personagem de ficção, mas como um semelhante, um vizinho, um irmão. E o taxista quase se materializa para ele, em imagem: um homem correto, de cara amistosa, capaz de ser um bom papo, uma boa companhia num churrasco domingueiro. Um sujeito quieto, que não incomoda ninguém, que trabalha corretamente e só tem o defeito de não saber de cor as ruas da cidade em que sua mulher quis que eles morassem, para "crescer na vida"?

Um cara que não acreditava nesse negócio de "crescer na vida", mas que aceitou a mudança que sua mulher inventou e por isso estava ali, naquela madrugada, com as mãos segurando a cabeça de um pedestre atropelado, de um quase passageiro em que ele jogou seu carro, sem querer, mas com raiva. Um sujeito de bem, com um cadáver na mão. Um cadáver sem sangue, parecendo apenas dormir pesadamente. Parecendo dormir como o taxista mereceria.

2002

Irineo, com "o"

Para o Bira, coautor do início da história

Primeira parte

(O leitor não vai ler. Trata-se do relato das preliminares da história de Irineo, um sujeito correto que na juventude amava Solange, sua colega no curso de Letras que acabou casando com um médico oncologista, com quem teve um filho que afinal virou afilhado do mesmo Irineo, transformado então em amigo, compadre e conselheiro da família. Correto, cumpridor, trabalhando na Secretaria de Justiça do Estado, Irineo aos 35 anos resolveu fazer psicoterapia com Mário, um espanhol naturalizado porto-alegrense, psicólogo, de quem acaba amigo, mais que paciente. O tratamento se estendeu por quase cinco anos. Percebendo ou supondo que Irineo não progride, não avança em seu processo terapêutico, e que se trata de uma boa alma o Irineo, um sujeito simples e de bom coração, parecendo mais um satélite de Solange, Mário resolve desafiá-lo, numa roda de chope de um verão porto-alegrense, a escrever um relato, do jeito que for, sobre o drama de sua vida desventurosa. Mário na verdade se aproveita do relativo gosto de Irineo pela literatura, e este topa a brincadeira até por não ter outras alternativas amenas: seu amigo-terapeuta Mário está de viagem marcada para a Europa, onde estudará por dois anos. Assim que ocorre a viagem, Irineo envia a Mário um primeiro capítulo do relato, todo melancólico, lamentoso, ressentido, e fica em Porto Alegre numa ânsia, numa expectativa tremenda quanto à resposta. Mas o leitor não poderá ler tal texto, contudo.)

Segunda parte
Cartão postal de Mário para Irineo

Irineo: estou em trânsito – agora em Glasgow, aproveitando a companhia de uma colega de curso (eu disse colega? É pouco. Mas deixa pra lá). Em trânsito geral – eu passo pela vida. Recebi teu primeiro capítulo. Olha, amigo, achei meio ruim, muito pouco ficcional. Escreve de novo, caro, reescreve – esta é uma regra de ouro para alcançar bom resultado literário. Abraços. Mário

Terceira parte
Carta de Irineo para Mário, em resposta ao cartão postal

Porto Alegre, num dia cinza
Porra, um reles cartão postal em troca do meu sangue! Sou trágico, eu sei, tu sempre disseste. Mas não vem com essa conversinha de que tudo passa. Passa nada. Se eu não passo...
Eu acho que conseguiste uma pequena façanha: estou odiando alguém, finalmente: tu. Para ser bem preciso, eu repito: tu. Ou não, talvez eu esteja é desagradado com a miséria em que estou metido. Quer ver a contabilidade? (1) Um amigo e ex-terapeuta a milhares de quilômetros; (2) um emprego sempre igual a si; (3) meus livros e meus discos; (4) uma carta da Solange.
Surpreso? Pois é, eu também fiquei. Li trezentas vezes. Bom, eu sei que não se faz, mas agora dane-se, vou reproduzir a carta aqui. Partes dela. Estava na caixa do correio há dois dias, sem remetente escrito. Ela sempre foi assim, nunca remeteu de viva-voz nada para mim. Olha só.

Irineo
Acho que posso te dizer certas coisas agora. Afinal, nos conhecemos há tanto tempo, não é?
Aconteceu ontem um episódio que eu já esperava: meu filho, teu afilhado, perguntou onde e quando nos conhecemos. "Mãe, como tu conheceu o Dindo?"

Respondi friamente: na faculdade, quando a mãe ainda estava estudando, no curso de Letras, estudando para ser professora de Português e Francês. Depois expliquei que éramos colegas em tudo, que o Dindo dele era o melhor aluno de Latim, de Grego, de tudo, que ele – tu – parecia ser o mais forte candidato a grande escritor de nossa geração, talvez o grande poeta, ou o grande romancista, ou o grande ensaísta – quem poderia imaginar para qual gênero ele – tu – dirigiria seu talento?

Vou transcrever só este trecho. (Ah, por que foi agora, e nunca antes, que ela escreveu? Por que disse que respondeu ao menino "friamente"?) Depois ela segue nessa linha e me pergunta, desaforada e doce, o que fiz de mim, onde botei meu talento, onde enterrei o grande autor de nossa geração. Olha, Solange, olha, Mário, eu sei lá. E eu tinha mesmo talento? Quer saber onde é que eu fui parar? Bem aqui, onde estou, não vês, não vedes? (Só vamos deixar claro um negócio: não fui eu que inventei essa conversa de "autor de nossa geração", eu tenho e sempre tive uma autocrítica razoável.)

Quase ao fim, ela passa umas dez linhas pedindo desculpas por ter escrito e ao mesmo tempo dizendo que, bem, já que tinha começado, não cabia voltar atrás. Que talvez ficasse no ar uma impressão de... (As reticências deviam estar entre aspas, foi ela que pôs.) Que nós, morando na mesma cidade... Que eu afinal frequento a casa dela, em geral uma vez por mês... Que mil coisas, que sei eu. Que saco! Quanto quê!

O pior é que não se tratava nunca de insinuações eróticas, eu acho. Ou sim? Ah, Solange, ah, Mário, minha sina será sempre a de tentar compreender os outros, os filhos dos outros, os pais dos outros, até o marido da outra?

Mas deixa pra lá. Agora chove em Porto Alegre. Te lembras visualmente daquelas verdadeiras cortinas d'água que baixam por aqui, na altura do paralelo 30? Pois continuam iguais. Porto Alegre não me engana. Eu é que me engano, às vezes.

O quadro se alterou um pouco com ela, a chuva. Eu saí daqui, fui até a sacada, tomei um ar, olhei para os lados do Gasômetro, voltei. Nova contabilidade: (1) Uma carta atrasada em quinze anos, e que ainda por cima não diz quase nada claramente; (2) esta carta, que responde a um insulto do meu amigo distante; (3) uma ideia para um novo primeiro capítulo.

Sim, vou escrever de novo. Vou esquecer aquela tentativa anterior. Reconheço que estava mesmo "muito pouco ficcional". Resolvi me encarniçar numa nova ideia – quem sabe não é isso que me falta, uma boa e clássica bronca com uma questão, uma tarefa. Será? Eu preciso disso. Preciso tentar sair do enredamento em que vivo. Ontem revi um filme, *Midnight Cowboy*, te lembra? A trilha sonora ainda hoje diz a mesma coisa, só pra mim: "Everybody is talking at me, but I can't see their faces, only the echoes of my mind". Não parece perseguição?

O novo primeiro capítulo, agora muito menos confessional e muito mais ficcional como pedes, ficará assim:

Porto Alegre, agosto de 1977

– Martel! Martel!
Era um rosto conhecido. Martel, respondendo à saudação com um sinal de positivo, demorou alguns segundos até reconhecer naquela estampa um ex-colega do Anchieta, onde estudara desde o pré-primário até o fim do colegial. Não lembrava ainda o nome, mas era possível localizar o rosto numa sala de aula, quatro ou cinco anos antes; o cabelo mudara, a barba era total novidade, as roupas eram certamente outras, mesmo porque não teria sido possível, antes de 1977, um sujeito andar pela rua de bata indiana e bolsa de couro atravessada no peito.

Martel ficou intimamente feliz com a saudação. Estava, até ali, indiferenciado, no meio da massa compacta de estudantes da UFRGS que aguardavam o desfecho de uma tensa Assembleia Geral, convocada pelo DCE para decidir os rumos da mobilização contra a Ditadura, pela Anistia Ampla, Geral e Irrestrita e pelas Liberdades Democráticas.

Era 23 de agosto de 1977, quase uma da tarde. A sede do CEUE – Centro dos Estudantes Universitários de Engenharia –, no quase centenário prédio da esquina da André da Rocha com João Pessoa, há anos não acolhia tal massa, não sentia tal vibração. O pessoal do DCE havia preparado com detalhes aquela assembleia: na abertura, um discurso forte do Caranguejo, estudante da Economia e líder trotskista; depois, um relato das assembleias de cada curso; na sequência, a apresentação do documentário O apito da panela de pressão, *o primeiro filme político sobre as campanhas salariais e políticas dos metalúrgicos do ABC paulista.*

Naquele momento, porém, justo quando Martel ganhou um nome no meio da multidão, a assembleia conhecia um pequeno impasse. O filme já havia sido aplaudido, mas as lideranças políticas não sabiam exatamente o que fazer. Como seguir a campanha aproveitando aquela tensão magnífica, aquela vontade de participação da juventude? De mais a mais, havia diferenças de concepção: os líderes afinados com o comunismo pretendiam encerrar logo a reunião, convocando todos para dali a uma semana, ao passo que os trotskistas pregavam a tomada imediata da rua, sem postergação.

Martel teve pouco tempo para mastigar a memória onde localizara o ex-colega. Um quadro da LIBELU – a tendência trotskista radical, Liberdade e Luta – irrompe da massa e, tomando a palavra no berro, conclama:

– Pessoal, negócio seguinte: agora é a hora de ir pra rua! A João Pessoa já tá tomada! Vamo lá!

E puxou o coro, ditando o ritmo, com três acentos:
*– A**bai**xo a **di**ta**du**ra! A**bai**xo a **di**ta**du**ra! A**bai**xo a **di**ta**du**ra!*

Martel foi dos primeiros a levantar o punho – hesitou um pouco entre o esquerdo e o direito – e contribuir para aumentar o volume do grito contra os militares, grito que logo se tornou unânime. Ato contínuo, levantou-se, virando o rosto para o ex-colega, que abriu largo sorriso, de concordância, de solidariedade, de fraternidade. Atônito mas feliz, verdadeiramente feliz, Martel voltou os olhos para a menina da LIBELU que incendiara a assembleia: morena, baixa, charmosa, trajada no melhor estilo hippie engajado, apenas uma coisa a diminuía ante seus olhos ávidos – os pelos das pernas e das axilas, que as mulheres militantes faziam questão de manter, de não depilar, pelos que eram, mais que um maneirismo do momento, um símbolo essencial de adesão à luta pela emancipação feminina.

Não para ele. Seu gosto, atualizado embora pelas novidades comportamentais copiadas do hippismo, de Woodstock, do Tropicalismo, mantinha certa marca tradicional, "pequeno-burguesa" na opinião dos libertários. Pelos femininos nas axilas definitivamente não estavam entre suas preferências.

Martel já havia feito uma autêntica varredura pelas mulheres que frequentavam as assembleias e os atos públicos que desde o ano anterior, quando entrara para a Universidade, se sucediam. Observara com detalhe, como era de seu feitio, o modo de ser, de se comportar, de vestir, de todas e de cada uma. E a morena da LIBELU, que naquele momento ateara fogo à reunião no CEUE, vinha sendo seu alvo predileto. Tudo nela agradava a seu gosto, menos os pelos, que num ato público do verão anterior ele pudera ver com clareza e incredulidade.

Mas nada disso o impediu de ganhar, com certo empenho físico, um lugar ao lado dela, da moça da LIBELU, na curta caminhada a ser empreendida até a João Pessoa. Ao contrário de alguns militantes, sobretudo os católicos, Martel não via contradição entre lutar pela derrubada da ditadura e paquerar, namorar, gostar de mulheres. "Uma mulher interessante, que mulher interessante", era a exclamação que ocupava sua sensibilidade. Sentia-se capaz de se apaixonar por ela, de namorá-la, de casar com ela. Comungariam ideais, lutas, corpos, afetos; prolongariam ao infinito a plenitude daquele instante de política e amor. E seus pais, católicos sérios e praticantes, informados das novidades do Concílio Vaticano II e entusiastas do sopro de liberdade trazido à Igreja por João XXIII e consolidado por Paulo VI, seus pais – ele imaginava, num fervor quase de transe – a acolheriam como a mulher de seu primogênito, como a serena mãe de seus netos, mesmo com os deselegantes pelos.

Durou pouco a companhia. Mal chegaram ao leito da rua – molhada pela fina chuva que naquela hora caía –, que de fato já estava ocupada por uns cem estudantes, a guria encaminhou-se para o grupo dirigente, em que se destacavam as caras com que Martel já se acostumara nos vários atos públicos e assembleias de que participara desde o ingresso na Universidade. Um deles, megafone na mão, a abraçou, assim que ela conseguiu lugar no núcleo da massa; abraçou-a e, sem mais, beijou-a na boca.

Sem pensar, Martel virou o rosto, tentando disfarçar de si mesmo o desalento. Procurou parecer natural: do alto de seus 185 centímetros, de que se orgulhava sempre, ocupou os olhos em mais uma vez varrer o cenário. Enxergou mais uma vez o ex-colega, de costas, junto a um grupo relativamente homogêneo de rapazes e moças, que se distinguia da multidão. Aproximou-se e, já quase esquecendo a militante da LIBELU, observou todos, fixando-se no único conhecido. Este, tocado no ombro por Martel, o saudou enfaticamente e apresentou-o aos demais:

– Pessoal, esse aqui é o Martel, meu colega do colégio. – E dirigiu-se a ele: – E aí, meu, onde é que tu andas?

Martel sorriu para o grupo, estudadamente, para impressionar bem a todos, e disse:

– Pois é, entrei para o Jornalismo, tu não te lembra?

Disse e não esperou pela continuação da conversa, que de resto seguiu seu curso óbvio. Enquanto ouvia o ex-colega – por sinal Marcelo, como tantos outros –, pôs-se a observar tudo em roda: os outros, os grupos, os líderes, as pessoas que se punham nas janelas do prédio da Casa de Estudantes, o cenário, os detalhes. Alongou a vista em direção ao Centro: sobre o viaduto estavam já algumas pessoas; embaixo dele, a polícia começava a organizar-se para marchar sobre os manifestantes.

Embora distraísse sua atenção com tudo isso, Martel respirava a tensão do ambiente. Procurava acompanhar os movimentos da massa e da liderança. Alguém toma o megafone e começa a puxar palavras-de-ordem. Todos respondiam, com vigor. Os uníssonos empolgavam a todos, em andamento que realimentava a adesão dos estudantes ao movimento.

Nisso, a mesma morena da LIBELU que antes ocupara o centro dos interesses de Martel caminha em sua direção, sem no entanto olhar para ele diretamente. Ele fixa os olhos nela e vê que ela traz na mão, abaixada, o megafone. Martel adianta o corpo em direção a ela e sorri; ela retribui o sorriso e pergunta, à queima-roupa:

– Tu sabe cantar o Hino Nacional?

Mesmo que não soubesse ele provavelmente diria que sim; mas o caso é que sabia, de cor e com afinação. Ela o pega pela mão e ambos sobem no pequeno canteiro do meio da avenida. Com um olhar forte direto em seus olhos, ela o incita:

– Então canta. O pessoal vai atrás de ti, pode crer. Vai, canta. É só apertar nesse gatilho e botar a boca aqui, no bocal. Tá?

Martel não pensou muito. Sorriu em retribuição, tomou o megafone – raspou os dedos no dorso da mão esquerda dela, que lhe pareceu suave e merecedora de todo o afeto – e começou a cantar.

– Ouviram do Ipiranga as margens plácidas
De um povo heroico o brado retumbante...

Sua voz ecoou na rua e foi imediatamente seguida por todos. Um sujeito que ele não conhecia passou a mão sobre seu ombro e ajudou, colocando sua própria boca perto do megafone. Todos cantavam, ao comando de Martel, que não cabia em si de contentamento – a menina da LIBELU permanecia por perto, olhando para a massa e agitando os braços ao ritmo que ele impunha. E tudo era promessa de coisas boas.

2002

Perfeita como um conto

Ele não estava inventando nada, a rigor; seus mestres admirados – Edgar, Gui, Rudi e Toninho, mais que quaisquer outros (e ele apreciava vários outros) – iluminavam o caminho até a conquista suprema. Quer dizer: ele tinha modelos na tarefa, e os considerava realmente superiores, quase divindades. Era uma questão de lembrar seus ensinamentos, a maioria deles silenciosos, naquela hora de luta por ela, a Desejada.

Ela era inacessível? Sim, era. Ou assim parecia. Vista a uma certa distância (ele estava reconhecidamente a uma considerável distância dela, tanto quanto um mortal está longe da Perfeição), ela semelhava estar numa dessas lonjuras altas, cumes absurdos, elevações por assim dizer celestiais, a que só uns poucos, pouquíssimos, acediam. Topo de himalaia, aconcágua almejado, pico da neblina, um troço desses: lá estava ela. Mas ele não desistiria tão fácil, tão simples, tão imediatamente.

Essa condição de inacessibilidade é que o fazia pensar em tomar um de seus mestres como modelo. Copiar algum deles, em suas bem sucedidas estratégias, poderia ser uma saída para a paralisia que o tomava, sempre que constatava a distância entre si e ela. Podia fazer como Edgar, armar situações que desembocavam numa espécie de beco sem saída, em que a desejada por assim dizer se entregava. Ou como Gui e a compaixão que ele conseguia despertar quando desenvolvia sua conversa de abordagem. Rudi seria outro modelo, com suas aventuras exóticas, selvas e sabe-se lá mais o quê? Sim, mas menos do que Toninho, o sutil, um sujeito capaz de lidar com as ambiguidades das situações de encontro de maneira a mantê-las em seu ponto de máxima tensão, sempre tirando partido dessa nebulosa. Haveria outros paradigmas ainda: Jerry e sua fixação na infância; Jorginho e sua inigualável ironia; Joca e sua contínua alteração de pontos de partida e de vista, que costumava levar os mais exigentes alvos a nocaute; Chico e o terror que sabia infundir mediante estratégias aparentemente inocentes. Tantos modelos.

Mas não era o caso de imitar qualquer deles na plenitude. Além de ser uma atitude ligeiramente idiota, a imitação o impediria de exercer sua autoconfiança, sua fé na capacidade de obter satisfação, de alcançar os objetivos, de conquistar sua Desejada. Essa fé, é bom dizer, não se pode dizer que fosse cega ou absoluta; ele na verdade acreditava mais em sua vontade de conquista do que em sua capacidade de conquistar; ele mais ardia de vontade de alcançar a Desejada do que sabia o que fazer para tal. Não é errado dizer, enfim, que ele amava sua Desejada, à sua maneira: amava-a como se ama... Pode parecer meio tola a comparação, mas vá lá: amava-a como se ama a Arte. A Arte sublime, transcendente, que faz a alma encontrar seu elemento no estágio mais elevado, mais sutil, mais elegante a que um ser humano pode aspirar.

Sua preferência recaía – se era o caso de escolher um entre todos esses modelos – sobre as estratégias lógicas de Edgar, particularmente na filosofia dele. Tão sofisticado era tal racionalismo que Edgar chegou mesmo a anotar, sob o pomposo título de "Filosofia da Conquista", uma série de preceitos que ele dizia serem infalíveis na obtenção da desejada. Se era assim, por que não acreditar que tal "Filosofia" proporcionasse alcançar a Desejada, em maiúscula? Certo que ele não se sentia muito à vontade para desenvolver uma estratégia racionalista tão friamente calculada; sua tendência pessoal ia mais para uma coisa mutante (como a de Joca) ou para algo radicalmente irônico (como fazia Jorginho); mas não custava seguir os passos calculistas de Edgar, de resto o mais velho de todos, uma espécie de Moisés naquele gênero de batalha. Sendo assim, a primeira regra de ouro a respeitar era a seguinte: ao começar o processo, era essencial estimar, prever, imaginar por antecipação os passos de chegada, os derradeiros momentos da luta. "Os primeiros três passos são tão importantes quanto os últimos três", era um dos princípios que Edgar tinha escrito em um momento de sua, hum, "Filosofia".

O problema da linguagem era decisivo, nisso tudo. Nem sempre as melhores palavras, as mais nobres, as mais selecionadas, funcionam perfeitamente numa frase, numa declaração, ao contrário do que a percepção comum pensa; pode bem acontecer que em certo momento, ou melhor, no momento certo, seja mais adequado usar palavras diretas, simples, cotidianas, repetitivas até, para ganhar em comunicação, em precisão. Vamos imaginar um caso: "Do rio sopra um vento frio, e eu quero o teu calor", digamos. Um estilista da língua não diria isso: tem um eco ruim, entre "rio" e "frio", e além disso tem uma trivialidade na oposição entre o frio e o calor, resultando numa cantada banal, daquelas que uma figura realmente desejada, como a Desejada, conhece e rejeita.

Por outro lado, é de reconhecer que a frase tem méritos. Um deles não aparece à primeira vista, audição, leitura: é que essa frase não tem adjetivos, salvo "frio", o que, convenhamos, configura uma virtude, nesse campo das conquistas. Fica bem "calor", o substantivo, colocado seco, sem companhia, na frase. Tivesse dito qualquer coisa como "calor do teu corpo", ou pior ainda, "calor físico", a frase teria ficado insuportavelmente excessiva, errada, careta. Um substantivo pode levar em si todos os predicados que se espera, na hora da conquista.

Para além disso de frases e palavras, havia as outras armas que ele carregava consigo para a tarefa. Armas que eram a experiência, a presteza de raciocínio, a capacidade de galanteio elegante, o tesão corporal. Cada uma dessas armas, se deixada à vontade para expandir-se sozinha, poderia render uma história completa: seria possível operar uma conquista apenas deixando a experiência falar, falar, falar, horas a fio, porque há desejadas que gostam de deliciar-se em ouvir relatos; assim também seria possível haver sucesso total, em certos contextos, meramente deixando agir a presteza de raciocínio – basta imaginar quantas vezes uma desejada se deixa seduzir ao ver o desempenho verbal de um sujeito esperto atuando num grupo, como um grupo de conhecidos bebendo num bar; da mesmíssima forma, dependendo da conjuntura, o galanteio poderia realizar a conquista sozinho, e o tesão idem, em condições propícias. Mas não era esse o melhor método, ele intuía: o melhor era utilizar, de cada arma, apenas o volume suficiente, de forma que o conjunto delas, na ação concreta, produzisse um todo harmônico, sem excessos ou carências, dando uma convicção de equilíbrio entre as partes. Essa é que era a verdade (ainda que, ele mesmo sabia que era preciso admitir, de vez em quando valesse a pena deixar uma dessas armas atuar em desempenho solo...).

De um modo ou de outro, porém, ele tinha percebido, por si e pelos exemplos que conhecia, que era preciso agir racionalmente. Certo, a conquista sempre dava a impressão de que a emoção, a paixão, o enlouquecimento é que deviam comandar as ações; mas era apenas uma impressão, e errada: o certo era esperar que a emoção desse o tutano, sugerisse a forma e definisse o tamanho do envolvimento e da vontade, mas só depois, com meditação e cálculo, era adequado partir verdadeiramente para a conquista, na prática. Nessa hora, a da conquista em si, ele tinha convicção de que as emoções antes sentidas intensamente retornariam, como um gozo reiterado que se deixa gozar uma segunda vez, com a vantagem de que então estariam a serviço de uma ação eficaz.

Mais que tudo isso, uma regra de ouro se impunha, conforme seus mestres haviam cansado de ensinar: era central, imprescindível, irrenunciável que a conquista resultasse de uma total concentração nos elementos em jogo – ele mesmo e ela, a Desejada. De nada valia empreender uma conquista apenas para impressionar os amigos, para embasbacar algum circunstante, para agradar a mãe ou o pai, nada disso. Ele aprendeu – e desta vez tal convicção ia se consolidar para sempre – que a verdadeira conquista depende de um mergulho absoluto na busca da Desejada, um mergulho que dê a todos – a ele mesmo e a ela, mais que tudo – a certeza de que a melhor vida é como um conto perfeito.

Avô

Eu e ela estamos de pé, num barracão de madeira, quase à beira-mar. Mas o local é um pouco distante do mar, de fato: entre o lugar em que estamos e a água salgada há um morro, quer dizer, um cômoro alto de areia branca, de praia. O barracão é, agora vejo, uma venda, um armazém em que as pessoas compram comida e utilidades de praia em geral. Ela entra numa fila para pagar alguma coisa que acabamos de comprar, e eu não sei o que é, nem tenho angústia de saber. O lugar é protegido do mar – esta é a sensação mais correta no contexto: proteção. O mar forte está lá atrás das dunas, apurando o ouvido ouve-se seu barulho, de vez em quando assustador. É verão, quente, abafado; e tudo está bem, sereno, em seu lugar.

Eu estou na porta da venda, conversando com alguém e comentando sobre o lugar, a beleza, a proteção, a boa sensação de estar ali. Estou olhando para o alto do cômoro, e vejo, ainda sem susto, que uma massa de água começa a passar por cima dele, lá no alto. É uma lâmina de água, como uma onda.

É uma onda, mesmo, bem definida. Tão onda é, que traz por cima um surfista; e ele parece estar vibrando com tudo aquilo, alheio ao mundo que esteja fora da onda, como sempre parecem estar os surfistas.

Eu digo para o sujeito com quem converso que nem ele nem eu jamais esqueceremos esta tarde, em que uma onda passou por cima do cômoro – e vai nos atingir? Chegará até aqui? Precisamos fugir? Devemos nos abrigar?

Eu penso, olho de novo para o alto da duna e concluo que precisamos sair dali, sim. Chamo por ela, pelo apelido carinhoso que dei a ela e só uso na intimidade, chamo com certa veemência; pego-a pela mão, com alguma força, e saímos, eu na frente, pisando forte e rápido, ela apressando o passo para me acompanhar. O mar vai molhar tudo, a lâmina de água vai cobrir o barracão de madeira que serve de venda, o surfista talvez vá se estabacar ali adiante, naquelas árvores talvez. Nós porém saímos, sem problema maior.

Mas para onde saímos?

Caminhamos, e o cenário muda sem que eu perceba. Agora já estamos, ainda eu e ela, ainda de mãos dadas, no mundo rural de onde veio parte da minha família. Mundo que nunca foi perto de mar algum. É gente simples que está trabalhando ali: um casal. São adultos, trabalham debaixo do sol quente, sob chapéus, com a cabeça virada para o chão, que parece ser o horizonte deles – isso é o que eu penso agora, não lá, naquela hora.

Caminhamos por um trilho que parece desenhado a mão, tão bem delimitado é. Vivo a sensação boa de estar ali, vendo e cheirando tudo com prazer, e ao mesmo tempo de estar muito acima dali, vendo tudo de modo panorâmico.

Resolvemos chegar perto do casal. Eles nos enxergam, e o homem me conhece pelo andar. Diz que, ao me ver, julgou estar vendo meu avô, que caminhava exatamente como eu – isso segundo ele, segundo sua visão, que pode não ser confiável, pelo sol forte.

Eu fico numa felicidade intensa e aconchegante. Meu avô, vivendo em mim. Consulto cada parte do meu corpo, inquirindo-me para saber onde está a semelhança que ele reconheceu e que me faz feliz. Não sei, nunca saberei. Choro muito, ela se assusta um pouco – ela que está comigo já faz um tempo grande, que já me conhece o suficiente para saber que meu avô era muito amado por mim – e digo a ela que está tudo bem. Agarro sua mão com mais força.

E tenho muita vontade de continuar caminhando.

A bênção de Machado de Assis

A peste da Janice

Pobre velha música!
Não sei por que agrado,
Enche-se de lágrimas
Meu olhar parado.

Recordo outro ouvir-te.
Não sei se te ouvi
Nessa minha infância
Que me lembra em ti.

Com que ânsia tão raiva
Quero aquele outrora!
E eu era feliz? Não sei:
Fui-o outrora agora.

Fernando Pessoa

– Senhor Damião, dê-me aquela vara, faz favor?

"O caso da vara", Machado de Assis

Ela tem oito anos e olhos angelicais. Todos a reconhecem, na escola, como uma menina de olhos suaves, de coração suave, de comportamento temperado e acolhedor. Ela tem mãe, pai e irmão, um só. Pai e mãe trabalham muito, o irmão tem quatro anos mais que ela e já é um rapaz.

Ela se destaca como aluna. Não como brilhante em qualquer matéria, particularmente, mas como figura mesmo, figura humana. É querida por todos.

Dentro de si, porém, ela tem certeza de que não é bem assim. Ela acha que muitas outras meninas são mais bonitas que ela, e constata que algumas outras têm muito mais meios de vida, têm pais com mais dinheiro, têm mães que se pintam e compram roupas novas a cada tanto. Ela trava uma constante luta consigo: ela acha que não precisa ser mais bonita nem mais consumidora de roupas e brinquedos do que é, mas bem que queria ter mais coisas; ao mesmo tempo percebe que tem muita menina com menos do que ela, menos roupas, menos carinho da família, menos beleza, menos anjos na alma.

Neste momento ela parou bem no meio um gesto que começou a fazer por impulso. Ela está na sala de aula, lugar onde tudo acontece. As meninas (o colégio é só de meninas) olham para seu gesto parado, esperando que ela o termine. Ao lado dela, a Janice também espera. O que quase todas esperam é o oposto do que Janice espera.

O momento é o mesmo, mas para Janice é como se fosse outro. Uma espécie de eterno momento, esse outro. Porque ela sempre vê nos olhos e nos gestos das colegas a mesma reação: Janice, sendo filha de uma serviçal da escola (é uma escola católica, de freiras), desde a primeira série foi vista como estranha pelas outras, tanto as que têm família com posses grandes quanto as que não têm muito dinheiro.

Uma estranha, vá lá, seria de esperar. Janice talvez tivesse sido alertada pela própria mãe de que seria vista como diferente pelas outras. Ou talvez não, nunca a mãe tenha lhe dito qualquer coisa, porque simplesmente não quis acabar com a alegria da filha, que estava agora estudando no colégio das freiras, junto com as meninas boas da cidade. A mãe deve ter pensado, se é que pensou mesmo, assim articuladamente, que não tinha cabimento dizer para a filha "Olha, presta atenção, talvez elas não te convidem para os aniversários, talvez elas não queiram brincar contigo no recreio, talvez elas não repartam a merenda contigo". Em suma: "Minha filha, o mundo se divide em classes sociais, e às vezes os pobres são discriminados".

Claro que a mãe não pensou nisso dessa maneira. Não saberia, e se soubesse não quereria dizer isso para Janice. Para que fazer a menina perder todas as ilusões de uma vez só?

Por isso Janice está também esperando o desfecho do gesto da menina de olhos angelicais, que senta a seu lado e tem família e boa condição, embora não tenha família rica, nem mãe que se pinta, nem pai com carro último tipo, último ano. Janice olha para a menina e espera: o que ela pode esperar?

Sempre, desde o começo deste ano escolar, Janice foi obrigada a passar por um constrangimento extra, além dos que já conhecia (como não ter a mesma roupa que as outras, não ter sobrenome estrangeiro, mas profundamente brasileiro, Silva, como a mãe e talvez como o pai, que ela não conhece). E a novidade, terrível para Janice, foi inventada por outra menina, colega, uma meio gordinha que tem pai dono de carro sempre renovado e mãe que se pinta e veste roupas modernas.

Um dia, a Janice foi ao encontro da gordinha, logo no começo do ano, daquele ano. Era um começo de recreio. A Janice chegou perto da gordinha e pegou seu braço, afetuosamente, para dizer que a gordinha, a dona do braço, não devia se incomodar por ter sido chamada à atenção pela professora. A gordinha estava conversando com outra, irrequietamente. Falava, talvez, do novo carro do pai, ou da viagem ao Rio, ou da prometida viagem à Disneylândia nas férias de inverno. Falava.

A professora chamou-a pelo nome e disse para todas: "Olha, pessoal, vocês já estão ficando umas mocinhas, já estão crescendo, não demora já vão ter namorado (algumas riram um pouco), então vocês têm que ser meninas corretas, estudar bastante, ninguém gosta de meninas tagarelas". E a gordinha sentiu na carne a reprimenda da professora, uma professora por sinal muito legal. Ficou triste na hora.

Então, no começo do recreio, a gordinha estava ali, logo depois de comprar um refrigerante e um doce, parada, comendo avidamente. A Janice chegou perto. Pegou seu braço. E queria começar a falar. Seria algo assim: "Olha, tu não precisa te incomodar, a professora não falou só pra ti, ela falou pra todas nós, tu é bem bonita e claro que os guris vão gostar de ti, tu vai arranjar namorado logo".

Ia, mas não falou. A gordinha, tendo recuperado seu natural senso espevitado e ligeiramente agressivo, assim que a Janice pegou seu braço gritou para algumas colegas que estavam por perto: "Ih, a Janice pegou meu braço, eu vou pegar a peste da Janice". E liberou uma gargalhada na garganta e no rosto de todas as colegas. "A peste da Janice, a peste da Janice!", gritavam e corriam umas das outras, desordenadamente, como para fugir da peste.

A menina de olhos angelicais viu tudo, e no fundo de sua alma boa sentiu uma bofetada contra si mesma. Como é que faziam aquilo com a Janice? Que peste, que peste? Não existe peste, ela é legal, ela é querida, a Janice é amiga. Pensou isso tudo, sofreu isso tudo. Pensou em ir falar com a gordinha para dizer-lhe "Olha, não se faz isso com ninguém, ninguém merece ser chamado de peste, de doente, ainda mais que a Janice não é doente nem peste coisa nenhuma". Pensou, olhou para a cara sorridente de quase todas, viu a Janice sair dali, esgueirar-se entre as outras na direção de uma porta que dava acesso à sala da faxina, onde talvez sua mãe estivesse, entre um balde e outro, entre sapólios e detergentes para limpar banheiro, entre pacotes de rolos de papel higiênico, de avental azulzinho e chinelos simples. Sem pintura no rosto. A menina de olhos angelicais pensou, pensou, sentiu, sentiu, e só fez perceber uma lágrima brotando em cada olho. Ficou parada.

A menina de olhos angelicais está parada no meio do gesto, na sala de aula. Todas esperam sua reação. Janice espera sua reação. A menina angelical não termina o gesto.

Depois daquele recreio, sempre que a Janice chegava perto de alguém, tocava uma das colegas ou simplesmente pegava no material de alguma delas, acontecia uma e mesma reação: aquela que houvesse sido tocada pela Janice, ou aquela cujo material tivesse sido manuseado pela Janice, deveria imediatamente tocar em alguma outra gritando "Ih, a peste da Janice, xô", simbolizando no gesto e na frase que estava passando adiante a contaminação provocada pelo contato da Janice. Era fazer isso, dizer isso, e esperar poucos instantes pela reação de todas: um riso escarninho, um regozijo pela maldade, uma felicidade pela demarcação de limites entre si e a Janice. Uma definição de fronteiras.

Ocorreu algumas vezes que a Janice ia para casa, depois da aula, acompanhando a menina de olhos angelicais. Não que morassem muito perto. É que a Janice gostava muito da menina, e a menina também gostava dela. Então a Janice fazia questão de ir com ela, mesmo que para isso tivesse que caminhar muito mais, desviando do caminho de casa. A mãe ficava no colégio, almoçava por lá, mas a Janice ia para casa, onde uma sua tia vivia também, e mais algumas crianças. Ali, na beira da cidade, já perto da estrada, a quase meia hora de caminhada, a Janice vivia.

Várias vezes a Janice acompanhava a menina de olhos angelicais. Que gostava da companhia. Conversava com a Janice, contava-lhe coisas, orgulhosa de sua mãe e de seu pai e de seu irmão. Para a Janice, a vida da menina era um sonho, um paraíso na terra: morava com o pai e a mãe e o irmão, eles cuidavam da casa muito bem, tinha um jardim e uma horta muito bem tratados pelo pai. Havia, para começar, um pai, um pai amoroso e brincalhão, que trabalhava na fábrica e voltava para casa todos os dias na mesma hora, sempre com um sorriso de satisfação por reencontrar a mulher e o filho e, talvez mais que tudo, a filha de olhos angelicais.

Em todas essas vezes a menina se despedia da Janice feliz. Ainda conferiam os temas que tinham a fazer de tarde, comentavam o que iam ver na televisão. Se havia prova nos dias seguintes, a menina ainda se oferecia para estudar com a Janice, que sempre agradecia.

Quase sempre: uma vez a Janice aceitou o convite e foi, de tarde, na casa da menina. Foi um assombro total, uma experiência que gravou o fundo da alma da Janice. A mãe da menina havia preparado a mesa da cozinha para as duas estudarem para a prova, e às quatro da tarde preparou para as duas um suco de abacaxi bem fresquinho e um lanchinho de broas com doce de morango. Às cinco e meia, a Janice saiu dali em direção de casa com a alma leve e pesada, misturadamente, certa de que na menina de olhos angelicais ela havia encontrado uma amiga de verdade.

A menina de olhos angelicais nunca havia dito para nenhuma outra que a Janice já tinha lanchado em sua casa. Não que evitasse, não que tivesse medo de dizer. Mas preferia não dizer, alguma coisa dentro de sua cabeça lhe insinuava que era melhor que as coisas continuassem assim, ela ajudando a Janice sem dizer para as outras, ela amiga da Janice sem proclamar para as outras, ela gostando do jeito da Janice sem falar para as outras. Era melhor, evitava ter de brigar, evitava enrubescer.

No seu coração algo se apertava quando a Janice, no colégio, chegava muito perto dela. Seu coração se dividia: a Janice era querida, era amiga, até confidente de algumas coisas sobre os meninos do colégio dos padres que ficavam na saída esperando as moças de seu colégio, e por tudo isso a Janice merecia ser sua amiga publicamente; mas as outras, aquelas que tinham pais mais vistosos que os seus, aquelas que cultivavam publicamente seus planos de viagem à Disney, aquelas que a convidavam para seus aniversários em suas casas grandes de dois pisos e garagens amplas e quartos de dormir que pareciam de televisão, as outras, se soubessem de sua intimidade com a Janice, o que diriam?

Não é que a opinião das outras fosse assim tão importante. Mas era importante. Não era importante. Mas era importante. Não era. Era. Não era, era.

A menina de olhos angelicais preferia apenas assim, continuar sendo acompanhada pela Janice em voltas para casa, sendo acompanhada pela Janice na banco da classe, tudo isso silenciosamente, para não magoar – nem a Janice, nem as outras, nem a si mesma.

Ocorre que, naquele dia, não houve escapatória. O gesto de Janice foi ostensivo. Era uma aula de desenho, em que as meninas começavam a utilizar réguas e compassos e esquadros e se sentiam felizes pela novidade. Desenho com régua. Desenho com instruções: um triângulo, dentro de um quadrado, dentro de um círculo. Uma estrela de seis pontas feita de dois triângulos, um de cabeça pra baixo. As medidas bem certinhas, escritas no quadro-negro pela professora de Matemática.

A menina de olhos angelicais adorava desenhar. Mais que tudo, amava pintar. E a professora disse: "Olha, quem terminar o desenho da estrela pode pintar depois". Ela não queria outra coisa naquela manhã luminosa.

Assim que ela terminou a estrela, porém, aconteceu. Aconteceu que a Janice, que lidava mal com o esquadro, assim que viu o desenho da menina pegou-o, justamente no momento em que a menina baixava os olhos e o corpo na direção da pasta, que estava no chão, ao lado da cadeira, para pegar os lápis de cor. Pegou-o para examinar, para apreciar, para admirar mais uma vez a amiga secreta, talvez a única amiga com que contava na sala, no colégio todo, fora a mãe.

Certo que a Janice já havia percebido certa reticência nos modos da menina de olhos angelicais quando tratava com ela na escola. Na rua, a caminho de casa, a menina de olhos angelicais era toda sorrisos, era toda atenção, era toda disposição para a Janice. Confidenciavam, trocavam impressões, antecipavam coisas, falavam de temas de casa (nunca de assuntos mais duros, nunca da diferença entre ter pai e não ter pai); na escola, porém, a menina, mesmo que atenciosa, era certamente um pouco fria e distante. A Janice percebeu a diferença e aceitou a diferença. Era preciso, talvez, manter as coisas assim, para que tudo permanecesse bem.

A Janice pegou o desenho da menina de olhos angelicais, e esta parou o gesto de pegar os lápis na pasta que estava no chão. Sem pensar, a menina sentiu algo crescer dentro de si, uma suspeita, que se tornou uma certeza: precisava ver a cara das outras meninas.

Do mesmo modo como estava, meio abaixada, parou. Olhou primeiro, com o corpo na mesma posição e os olhos em rápido movimento, a Janice. A Janice examinava o desenho da estrela. A Janice olhou para ela, julgando ver em seus olhos uma como que nuvem, uma névoa. A Janice se deu conta de que a menina, agora, precisava passar a peste adiante, caso quisesse ficar de bem com as demais, caso preferisse não ser chamada de peste como ela própria, caso julgasse melhor continuar a ser amiga das outras. (A Janice, se pensasse articuladamente, talvez pensaria o seguinte: "Se eu fosse ela, acho que eu mesma passaria a peste para as outras". Mas a Janice não pensou isso, assim.)

A menina de olhos angelicais viu correr diante de si várias cenas, rapidamente: a gordinha comendo, a cara lambuzada de doce, no começo de um recreio, e a Janice chegando perto para consolá-la, e a gordinha rechaçando a Janice; a Janice companheira de voltas para casa, a Janice comentando os temas a fazer, a Janice amiga de um jeito que não se devia pronunciar muito; a Janice e ela estudando na casa, a mãe fazendo o suco de abacaxi, a Janice com os olhos felizes, ela com o coração alegre de ter a Janice por perto; as várias vezes em que se repetiu entre as outras a horrorosa brincadeira contra a Janice, "Ih, a peste da Janice", e todas se tocando nos braços para contaminar as demais com a peste da Janice. A Janice, que a menina sabia que não tinha peste, não era a peste.

Neste momento a menina de olhos angelicais parou bem no meio um gesto que começou a fazer por impulso. Havia torcido o tronco para trás, havia levantado o braço e o movimentado na direção do braço da colega que sentava atrás. Ela está na sala de aula, lugar onde tudo acontece. As meninas (o colégio é só de meninas) olham para seu gesto parado, esperando que ela o termine. Ao lado dela, a Janice também espera. O que quase todas esperam é o oposto do que Janice espera.

2002

Ideias de passarinho

> – *O mundo* – *concluiu solenemente* – *é um espaço infinito e azul, com o sol por cima.*
>
> "Ideias de canário", de Machado de Assis

Num princípio de ano, me ocorreu uma pauta que muito me agradou cumprir: entrevistar um jovem talento. Sou um jornalista experiente, já vi muita coisa na vida, em geral coisas negativas ou deprimentes, que mais nos levam para baixo do que para o alto, afinal é nossa tarefa, como diz o ditado, noticiar sempre o ruim e o bizarro, não o bom e o regular; e por isso mesmo é que gosto muito de descobrir ou ajudar a salientar um valoroso jovem, uma promessa, uma aposta no futuro. É uma dessas tarefas que redimem nossa profissão, tantas vezes mesquinha, tantas vezes vil, tantas vezes inútil.

E ocorreu que um dia, faz já algum tempo, eu estava casualmente conversando com um professor meu amigo – velho conhecido de outras épocas, quando ele e eu éramos também jovens e promissores – quando este foi saudado por um jovem de olhar brilhante e voz sonora, que passou diante de nós radiante, com aquela certeza triunfal dos jovens futurosos (jovens são quase sempre futurosos, claro). O professor me disse, à passagem do jovem: "Ali vai um sujeito de grande futuro. Não tem dezoito anos ainda e já leu muita coisa, sabe falar muito bem, mostra desembaraço para defender suas posições diante dos colegas, em suma, é uma bela figura de jovem. Observa bem o caso, porque vai valer a pena conhecer seu desenvolvimento".

Estávamos no pátio do colégio em que este professor e este aluno haviam cruzado seus caminhos. Era uma escola estadual, relativamente modesta, num bairro de classe média baixa; as instalações eram bastante simples, embora dignas. Era uma luminosa manhã de sol, verão em seus últimos momentos; lembro ainda agora que até passarinhos completavam o quadro, com algum canto agradável, quem sabe canários.

Perguntei ao professor o nome do rapaz, anotei-o mentalmente e me prometi sugerir uma pauta ao editor da área de Ensino do jornal para o qual trabalhava na época. A proposta seria meio estranha, mas talvez futurosa como o rapaz: entrevistá-lo, consignar suas ideias, sua maneira de ver o mundo, seus valores, ali, na flor dos 17 anos, para quem sabe, se ele de fato viesse a confirmar o talento que lhe via o professor, anos depois ele voltar a ser entrevistado, então como a confirmação de sua efusiva juventude. Uma pauta para vários anos, por assim dizer.

O editor de Ensino me deu luz verde, achou um tanto curiosa a aposta e a ideia e confirmou minha vontade. E lá fui eu, conversar com o jovem. Esqueci de dizer que se tratava de um ardoroso esquerdista: o professor que me falara dele, veterano de outras épocas ruins da vida brasileira, gostava do fervor revolucionário do jovem, que se chamava Reinaldo, também ia esquecendo de dizer.

Cheguei a Reinaldo ainda no pátio da escola, disposto a inquiri-lo de sua visão das coisas, de sua experiência de vida, que nem por ser breve seria menos interessante, em se tratando de sujeito inteligente como ele.

Naquele dia – estávamos já em maio adiantado –, o tempo estava chuvoso, escuro, e eu consegui obter licença da direção para conversar com ele na sala do Grêmio Estudantil da escola. Ali mesmo eu observei, enquanto ligava o gravador (ainda do tempo do gravador de fita cassete, tecnologia hoje fenecida), que era uma pena que aquela sede fosse tão escura e pequena, ainda mais que o dia estava escuro, o que só fazia aumentar...

– Como assim "escuro"? – ele me interrompeu. – Nada disso: aqui dentro tudo se ilumina com o debate, com a reflexão crítica, com o nosso enfrentamento ao conservadorismo que impera, nesta escola e no mundo.

Era um enfático, como se pode ver. Eu comentei, delicadamente:
– Mas então tu não te sentes oprimido aqui dentro?

— De jeito nenhum; de certa forma, o que temos aqui é todo o mundo, porque a consciência dos estudantes, sempre que tem chance de se desenvolver, projeta logo um futuro melhor, com a ajuda dos trabalhadores e de todos os oprimidos do mundo, em direção ao socialismo, que é inevitável.

De fato, o discurso do jovem Reinaldo era de um brilho raro. Não é que eu compartilhasse todas as ideias dele, menos ainda que tivesse mantido ilusões como estas, da inevitabilidade do socialismo, mercê – oh tempora, oh mores! – da aliança entre estudantes e trabalhadores e oprimidos em geral; o caso é que suas convicções eram defendidas de modo liso, limpo, efetivo, em linha reta. Por isso mesmo, a entrevista foi muito proveitosa, porque pude ouvir dele uma série de interpretações sobre praticamente tudo que interessava: a condição da província; o sentido do terrorismo internacional; a opressão do capital financeiro sobre as economias periféricas; isso e mais um tanto, que agora poupo o leitor de saber.

Mas ocorreu então um desses acidentes tolos, que de vez em quando atravessam o caminho de jornalistas, mesmo experimentados. Eu tinha já começado a degravar a entrevista, editando a nossa conversa e já pensando na longa matéria que escreveria para a edição dominical do jornal, que tinha grande circulação. Já imaginava o sucesso da reportagem, que corresponderia a uma elevação do tom habitual com que se trata o mundo estudantil nos jornais. Estava muito feliz com o que ia se mostrando naquele processo; não queria por nenhum motivo parar de mexer com aquele material.

Tão envolvido estava com esse processo que cheguei a levar as fitas para casa, num dia de folga do jornal, para adiantar o serviço. O leitor não se incomodará de saber que tenho em casa algumas gaiolas de passarinho, de canários especificamente; estes bichos me acompanham há bastante tempo, desde menino, gosto deles, de seu canto. Lembro desse detalhe porque justamente estava trabalhando na entrevista quando lembrei que precisava trocar água e comida para eles; era talvez um sábado pela manhã, e abandonei por momentos a fita, o gravador, tudo, para tratar os bichos.

Uma dispersão chama outra: estava mexendo nas gaiolas quando tocou o interfone, e por isso precisei descer até o térreo do prédio, para receber algo do carteiro, que trazia um Sedex; ao retornar, abri o envelope, e vi que se tratava de um livro há muito esperado, que eu havia encomendado a uma livraria virtual. Não pude me conter: esqueci da fita e do Reinaldo, mergulhei na leitura, e assim passou a manhã. Ao meio-dia saí para fazer compras e almoçar e, para não espichar muito esta parte do relato, digo que só lembrei de novo do material na segunda-feira à tarde.

Mas aí, ai de mim, era tarde demais: simplesmente não encontrei mais as duas fitas com a voz do jovem talento. Onde teriam ido parar? Minha mulher jurou que não viu nada; meu filho adolescente igualmente não sabia de nada; a empregada, para mim a pessoa mais organizada do mundo, também não viu nem fita, nem gravador.

Seja como for, precisei me conformar com a perda, o extravio das fitas, e com elas da voz e do pensamento do talento adolescente. A matéria estava nem pela metade, eu precisava falar com ele de novo. Mas aqui já estávamos creio que em fins de junho, uns meses depois do primeiro contato, o frio já era notável em todo o Sul do Brasil; telefonei para aquele professor, contando-lhe a história e pedindo contato com o jovem.

Qual não foi minha decepção ao saber que o rapaz tinha saído da escola. Sim! Um cursinho pré-vestibular andara por ali, testando alguns alunos, para garimpar talentos; e descobrira sem maior dificuldade aquele jovem Reinaldo. O cursinho ofereceu a ele não apenas uma bolsa de estudos para o próprio curso pré-vestibular, mas também um pequeno auxílio pecuniário, capaz de custear passagens de ônibus e algumas refeições, dinheiro que ele poderia complementar trabalhando, quem sabe, em alguns turnos livres que tivesse, nas próprias coisas do cursinho. Aliás, o professor que fez contato com ele logo percebeu o mesmo talento diagnosticado antes pelo professor meu conhecido; e tanto se entusiasmou que convidou Reinaldo para ser um garoto-propaganda ao vivo: ele ia visitar as escolas da cidade, falando em nome do cursinho, divulgando os períodos de matrícula, os valores das mensalidades. Era um jovem, falando para os jovens, o que tornaria tudo mais direto e forte. Ele mostrava já, para quem quisesse ver, que o antigo professor não se enganara ao diagnosticar seu valor.

Alcancei-o nos começos de julho daquele ano, por email. O cursinho me forneceu o endereço, escrevi para ele, e ele, com uns dias de retardo, me respondeu, dizendo que sim, lembrava de mim, sim, estava frustrado por não haver saído a matéria prometida, e sim, podia conceder nova entrevista.

Fui encontrá-lo numa sala da sede do cursinho, instalado numa escrivaninha estreita, embora digna, numa sala acanhada, pintada de vermelho (não por fervor socialista, mas porque era a cor do material publicitário do cursinho em questão). Ele anotava coisas num livro aberto à sua frente. Saudei-o e, sem querer ser redundante, comecei perguntando se aquele vermelho, bastante escuro, não atrapalhava a leitura – gosto de começar as conversas com entrevistados falando de qualquer coisa lateral, desimportante, para que ele fique relaxado e a gente possa encaminhar bem as perguntas mais sérias que tenho em mente –, porque afinal...

– Como assim "escuro"? – ele me interrompeu, enfático.

– Nada disso: o vermelho não atrapalha nada para a letuira, e além disso serve perfeitamente para acolher os jovens que aqui chegam, em busca de um espaço para desenvolver suas potencialidades, porque o mercado exige jovens que saibam de seu valor, tenham consciência crítica e saibam identificar os nichos de mercado adequados.

– Isso quer dizer que tu não te sentes meio sufocado aqui, com todo este vermelho? – eu ainda perguntei, já com o gravador ligado e desta vez pensando que não podia perder de novo as fitas deste novo encontro.

– Não só não me sinto sufocado como posso dizer que me sinto acolhido e protegido. Veja bem: há até um aspecto uterino, por assim dizer freudiano, neste ambiente. E o jovem talentoso, sabendo aproveitar as chances, vai fazer valer seu valor pessoal, no meio de um mercado que é uma selva, mas que tem espaços para quem souber se movimentar com segurança.

– E que tal te parece a marcha para o socialismo? Seria algo inevitável...?

– Socialismo? Inevitável? Veja bem: em uma certa época da história das últimas décadas, começando pelo momento da Primeira Guerra Mundial, de fato o socialismo pareceu ter a força dos fenômenos naturais; mas o tempo veio provar, pela ação inteligente dos agentes econômicos, que não se trata de simplificar o processo social, econômico e político, porque há muitas maneiras de pensar no crescimento com distribuição de renda.

–Tenho a impressão de que tu uma vez pensavas assim. Ou me engano?

– Você se engana, você se enganou – ele usava "você", embora estivéssemos em Porto Alegre, terra do "tu" –, não se trata disso, e pelo contrário: o que realmente é inevitável é o mercado, a busca pelos nichos, numa luta em que cada um utiliza o melhor de suas potencialidades...

A conversa partiu desse começo para lonjuras e profundidades interessantíssimas. Não que eu partilhasse das convições liberais do nosso jovem talento, estou longe disso e aliás de qualquer outra crença assim redonda e satisfeita; o caso é que Reinaldo ia desvelando seu grande talento oratório mais uma vez, como eu já vira antes, meses antes, naquela modesta escola estadual. Falava, falava, e as coisas de seu mundo faziam sentido, os olhos brilhavam, o futuro parecia ao alcance da mão. Nem preciso acrescentar que vibrei de novo com a matéria que tinha em mãos; com as contradições que via entre as duas entrevistas, mais o saliente valor de Reinaldo, teríamos uma grande reportagem.

Mas a vida de um jornalista não é tão simples como se poderia imaginar. Aquela matéria eu cheguei a completar, enviar ao editor, tudo isso. Mas num jornal acontece de uma matéria perder atualidade, deixar de despertar interesse; ocorre também de trocarem o editor, como ocorreu na editoria de Ensino, e o novo jornalista em comando (por sinal bem jovem) que entrou no lugar do anterior achou fria a abordagem, não viu sentido em dar destaque ao pensamento de um garotão, que além de tudo mudava de ideia rapidamente, e no fim das contas todo o meu esforço, todo o meu entusiasmo, todo o meu trabalho com aquele material, que era para ser futuroso, deixou de existir. Não sei nem mesmo se guardei cópia; as fitas, com certeza foram reutilizadas em outras gravações.

Fiquei triste por bastante tempo, contrariado pela recusa do novo editor em publicar aquela reportagem. Creio que até mesmo uma prolongada gripe, que me levou ao hospital por uns dias, se deve a tal contrariedade.

Por sorte a vida seguiu seu curso, como é o seu melhor. Mais de ano havia se passado desde aquele primeiro encontro, lá na escola de bairro, e quase um ano desde o encontro no cursinho, quando eu, que já me ocupava de bem outros temas, ouço uma tarde, em entrevista a uma rádio, uma voz minha conhecida, uma voz que por algum motivo tinha permanecido gravada na minha lembrança; não tive nenhuma dúvida de que se tratava de Reinaldo, aquele jovem talentoso que eu entrevistara duas vezes, infrutiferamente. Estava em casa, casualmente tratando dos meus canários, seres de pouca variação, seres muito iguais a si mesmos, em canto e plumagem.

Eu conhecia o produtor daquele programa, para o qual Reinaldo dava a entrevista; era um velho amigo meu, com quem eu havia trabalhado em uma estação de televisão, anos antes. Assim que terminou a entrevista, recheada de termos em inglês mas com a mesma voz convicta e sentenciosa, telefonei para aquele produtor, pedindo que me alcançasse, se possível, o telefone daquele talento, ainda jovem mas cada vez mais provado.

O produtor me passou o celular de Reinaldo, e na noite daquele dia, estando no jornal, entre uma e outra atividade, me sobrou tempo para fazer contato com a figura.

– Jovem Reinaldo! Como vai esta personalidade? Te ouvi na entrevista ao rádio agora de tarde. Parabéns.

– Qual das entrevistas? Eu dei creio que umas seis entrevistas só hoje. Você não pode querer que eu lembre de todas, mesmo porque aqui na província...

Foi a minha vez de interromper:

– Mas até que a província tem te tratado bem, parece.

– Mas província é sempre província. Aqui nós não temos a velocidade, a rapidez, a eficiência que só no centro existe, de fato.

— Reinaldo — eu disse, querendo, por algum obscuro motivo, retomar a conversa por duas vezes começada e nunca publicada –, me diz uma coisa: e como andam as tuas ideias sobre inevitabilidade?
— Inevitabilidade? De que é você esta falando?
— Primeiro era o socialismo, na tua época de escola pública; depois era o mercado, no tempo do cursinho...
— Escola estadual? Cursinho? *You must be kidding* – ele disse assim mesmo, em inglês, fazendo-me pensar num filme da moda, naturalmente norte-americano. – Você deve estar brincando! E há mesmo alguma escola estadual, no mundo da competição em *real time*, no tempo do mercado globalizado, em que só interessa, no campo da inteligência ou no campo do mercado, aquilo que é superior, supremo, o melhor em si?

Teoria da celebridade

> – *Guardadas as proporções, a conversa desta noite vale* O Príncipe *de Maquiavel.*
> "Teoria do medalhão", Machado de Assis

Totô,

Dezoito anos, hein? Que beleza. Gostou do 4 x 4 que comprei pra você? Bem como você queria, pelo que me lembro: preto, película quase preto total, sonzão porrada – encomendei na concessionária de acordo com o que disse a tua mãe, que disse que era o teu desejo. Um troço esse carro. Parece um daqueles carros de combate. Dá pra invadir o Iraque e subir o morro com ele, atravessar favela, na boa. Claro que blindei ele todo, custa caro mas tem que ser, hoje em dia.

Falando nisso: como anda a tua velha? Trata bem dela. Já te disse que o meu casamento com ela foi uma bobagem, mas no teu caso ela é mãe, e mãe já viu, né? Casei porque ela tinha um bom sobrenome e umas pernas que vou te contar, mas ela é louca de atar, de amarrar no pé da mesa. Isso não quer dizer que eu não goste de ti, certo? A gente conviveu pouco nesses anos, mas na boa. Tanto gosto que te dei este presente e estou aqui te dando um abraço pelos teus 18 anos, não é?

Bem, nesta altura você já deve estar achando que o email tá muito longo. Mas não deleta logo, pelo amor de Deus. Tá me dando serviço este papo todo, mas enfim, como eu nunca conversei a sério contigo, achei que o dia dos 18 anos de um filho merece uma certa solenidade.

Tanto acho que chamei a Luciléa, minha secretária, pra revisar esta conversa, que eu estou ditando para o maravilhoso programa do windows que converte a minha fala em texto escrito. Santa tecnologia. Se eu precisasse escrever eu mesmo, nunca que ia ter paciência pra te dizer isto tudo aqui.

Nunca convivemos você e eu, Totô, porque a tua mãe é uma louca, e eu gasto uma grana enorme de pensão, e por sinal nunca mais ganhou nem um centavo daquela família decaída dela, daquele sobrenome que me enganou quando eu conheci, ela e aquelas pernas irresistíveis. Quer dizer: as pernas eram boas mesmo, mas o nome era só uma fachada, sem nada por trás. Eu só podia me separar, e foi uma pena que você nasceu logo em seguida. Por isso não deu tempo de eu conviver contigo. Mas é isso, a vida tem dessas coisas. E agora, nos teus 18 anos, pelo menos eu quero estabelecer este contato para te dar uns conselhos, nem que seja pela primeira e útima vez ao mesmo tempo. Lê até o fim e não deleta este troço. Eu gosto de ti, de qualquer modo. Olha lá, hein?

É o seguinte: a primeira coisa que quero dizer, mesmo, como orientação para a tua vida, é – nunca case com mulher pobre. Cuida bem isso. Não faz como eu, que casei com um sobrenome bom sem saber que era gente falida, aqueles fracassados dos teus parentes do lado dela. Uma merda. Só me incomodei. E demorei um monte até achar um esquema de grana bom para mim, que está por trás deste presentão que tô te dando. Vim aqui pra Brasília e me fiz, acertei uma carreira com meus amigos e tal, de maneira que consegui não afundar com a tua mãe. Mas não repete o meu erro.

Vou te dizer: nem pra trepar serve uma mulher assim. Vai por mim. Minha filosofia prática é o seguinte: mulher de família decadente ou decaída é neurótica e não goza; mulher de classe média também não goza, ou então, se goza, demora um tempão pra acertar, na hora h ela fica pensando se a participação dela tá certa ou errada, se o rímel borrou, se ela tá fazendo papel de puta ou não, porque no fim das contas ela tá trepando como um investimento pra casar, quer dizer, se o pateta que tá comendo ela vai ou não cair na rede dela; e mulher de baixo é boa pra trepar, quase sempre, mas tem que cuidar porque elas engravidam à toa só pra ter uma grana que o cara vai dar pro filho e que vai ser o sustento dela também. Que mulher sobra? As de grana, meu velho. Essas podem ter qualquer defeito: se for problema no corpo a plástica ajeita, e se for de cabeça dane-se, que isso não chega a incomodar, uma vez que o dinheiro esteja ali. Ou então ela faz psicoterapia, psicanálise, esses troços enrolados que elas acham o máximo.

Não tô falando só em dinheiro-dinheiro mesmo, claro, tipo uma fazenda não sei onde, propriedades e aplicações, uma fábrica de sei lá o quê; pode ser que o dinheiro dela, por exemplo, te leve a uma diretoria da firma da família que paga bem e não cobra serviço. Entende como é? Essa gente se protege, e um cara esperto tem que tirar proveito certo disso, tem que entrar no esquema.

Veja bem: não tem nada de errado no que eu te digo aqui, porque não tô dizendo pra roubar, pra matar, pra sacanear velhinha, pra derrubar o cara de muletas, nada disso. É simplesmente um conselho pra você ajeitar o teu lado, entende? Isso não é crime. Pode até envolver alguma coisinha digamos não totalmente regular, mas pô, quem é que alguma vez não passou a lei um pouquinho pra trás, não é? Vai por mim. Mesmo que a moça não seja lá uma grande coisa, um mulherão, gostosa e tal, vale a pena. Você sabe como anda evoluída hoje em dia a medicina estética e tudo isso, certo? E essa gente sabe tratar a aparência. Pode até ser que a moça seja de uma família de dinheiro muito recente, novos-ricos, digamos que o pai dela é que tenha subido na vida; mesmo assim, a tua namorada e futura esposa, se ela for filha de um cara assim, ela vai ter um gosto desenvolvido, apurado, na moda, mesmo que o pai dela seja um desses gordos suarentos que fez dinheiro vendendo comida para pobre e nunca aprendeu a combinar camisa com calça, nem a cortar o cabelo direito.

Que mais eu posso te dizer? O principal é o que eu já te disse, é ter cautela e não entrar em furada. Se você for estudar (nem sei se você terminou o colégio, terminou? Como ficou aquela reprovação num ano desses, tipo ano retrasado? Você conseguiu transferência para aquele colégio pagou-passou, como eu disse pra tua mãe fazer?), não vá se matar, que isso não vale a pena. Medicina, Engenharia, esses troços, é coisa para quem não sabe o que fazer da vida. Quer fazer Direito? Muito bem. Curso bom, te chamam de doutor depois, nem precisa exercer. Aqui em Brasília tá cheio de doutor assim, que não sabe nada mas tem tudo, é respeitado, cargo bom, esquemas. Te matricula numa dessas faculdades de subúrbio, na boa. Não precisa contar pra ninguém que você vai lá, é um negócio como qualquer outro: vai lá, paga as contas certinho, faz uma que outra prova e ganha o diploma. Se precisar de indicação de alguma faculdade, me fala, que eu tenho um pessoal lá dentro do Ministério que pode me dar as barbadas. Nada de estudar como um tarado. Não é pra isso que se faz faculdade. Eu por exemplo fiz Administração e nunca li um livro, no máximo uns negocinhos, que eu pedia pras colegas lerem e fazerem o trabalho, e eu assinava, não sei nada de método, organização, funções, essas porras. E não preciso, como você não vai precisar. Casa bem (ou, em último caso, vem cá pra Brasília), que tudo fica certo.

Me lembrei de outro negócio, que da última vez que eu te vi me passou pela cabeça mas acabei nunca te dizendo. Faz quanto tempo já isso? Acho que uns três ou quatro anos, não foi? Puxa, o tempo passa.

Mas é o seguinte: me lembro que você apareceu, naquele shopping em que nos encontramos pra almoçar, com um amigo, não foi? E ele não tinha óculos? O que ficou na minha memória é que ele usava óculos. Se for mesmo o que tô lembrando, vale o meu conselho: não te deixa influenciar por amigo que usa óculos. Pode parecer uma coisa meio nada a ver, mas vai por mim: essa gente, que usa óculos desde jovem, ou é ou vai ser intelectual. É gente que lê livros, vai ao teatro, vê filme complicado, que estuda, que vai passar em lugares destacados em vestibular difícil, que vai cursar História ou Sociologia, essas merdas, e é cheia de minhoca na cabeça. Pensa em cada coisa, fica pirando o cabeção por nada, e no fim das contas só empata a vida. Sai dessa. Vai ser um atraso na tua vida andar com gente assim. Se você quiser dar uma de vamos dizer intelectual pra comer uma garota, ok, tem meu apoio: leva ela no cinema em que esteja passando filme desses de bichinho, pinguim, essas coisas, ou desses de amor em Paris, qualquer um com o Hugh Grant, sabe esses? É tiro certo: a mulher vai te achar sensível e inteligente e tá no papo. Pode até ser que alguma dessas mereça mais, e aí você vai numa livraria com ela, bota banca, decora umas frases desses cabeças que você encontra na internet com facilidade. Agora tá na moda um tal de Nitx, Nitsh, Mitsch, um negócio desses – depois a Luciléa vê como é que se escreve o nome do cara [*Eu não sei do que o senhor está falando, doutor Tomás. Assinado, Luciléa*] –, então você vai na internet e digita lá o nome da peça, e vai aparecer um monte de frases do cara, e era isso. Mas nada de ficar lendo, muito menos livro. Isso é para quem não sabe viver, Totô.

Meu último conselho: tem que ser um pouco celebridade. Sabe como é? Não digo que precise aparecer na *Caras*, uma coisa assim, mesmo porque isso é mais caro. Pode ser uma coisa mais local, como aparecer nas festas e procurar o pessoal que faz coluna social, que tem programa de tevê desses que passam na madrugada, falando de festas e casamentos e tal. Você acha que ninguém vê? Tá enganado: essa gente de dinheiro, especialmente quem enriqueceu há pouco tempo, leva muito a sério esses programas. Pode ser horrível o lance, mas pode crer que alguém da família dela vê, mesmo porque esses caras fazem os programas tirando grana exatamente deles, e por isso eles se veem lá, é um esquema uma-mão-lava-a-outra, entende? Por isso é bom aparecer, ficar por perto quando acenderem aquelas luzes de filmagem, sem dar muito na vista, aparecer fazendo de conta que não queria aparecer. (Numa dessas, você pode tentar se juntar com outros caras com grana ou com vontade de aparecer e fazer uma coisa meio escandalosa, mas só meio; nada de porre horroroso, ficar pelado, porque aí pega mal. Tem que calcular até a patifaria, nessas horas.) Se rolar uma nota na coluna social, e ainda mais se for com foto, aí é matador. Esse é o esquema.

Bom, acho que era isso. Não sei se você ainda está lendo estes conselhos. Se fosse eu, talvez já tivesse limado o email depois das cinco primeiras linhas, pra te falar a verdade. De todo modo, é de coração que te disse tudo isso aqui. De coração e de cabeça. É o melhor que eu aprendi com a vida.

Você ainda vai perceber e vai me dizer, Totô, que esses conselhos valem toda a filosofia que você poderia aprender em qualquer grande livro, desses que os intelectuais vivem citando. O que eu te disse aqui vale muito mais que um livro de um grandão desses, o Paulo Coelho, o tal do Shakespeare, qualquer um.

E segue um abraço. Numa hora dessas, vamos nos ver de novo, e quem sabe eu e você vamos conhecer juntos o famoso circuito de casas noturnas aí da tua cidade. Tem uma de fama internacional, já me disseram. Não lembro o nome. Já conhece? Vai lá, meu garoto!

O ECONOMISTA

– A ciência – disse ele a sua majestade – é o meu emprego único; Itaguaí é o meu universo.

"O Alienista", MACHADO DE ASSIS

1.

Dizem as crônicas de Brasilândia que todo o caso começou com a chegada de Simão Arapuca naquela cidade, retornando dos Estados Unidos, onde acabara de concluir seu doutorado em Economia. Era uma titulação que ninguém conhecia direito, nem se sabia bem para que servia, mas enfim parecia certo tratar-se de coisa para se invejar. Ficou-se sabendo (por ele mesmo) que o jovem doutor fora convidado a permanecer lá, na terra do Tio Sam, para lecionar em duas ou três universidades e com uma proposta de trabalho num banco. Simão não quis nada disso; preferia retornar a seu país, subdesenvolvido e necessitado de modernização. "A ciência econômica – ele disse – é o que me interessa. A ciência econômica, praticada em seu grau mais elevado em meu próprio país, que é o meu universo, e nada mais".

Na capital brasileira, que ainda era o Rio de Janeiro quando de seu retorno, igualmente ele recebeu sondagens e convites para estatais e companhias flamantes (estava-se construindo Brasília), mas seu desejo, como declarado várias vezes, de estudar a ciência em estado puro, em bruto, por assim dizer ao vivo, o levava à convicção de que naquela pequena cidade de sua origem, ainda marcada por organização econômica primitiva, tosca, ele teria as melhores, mais perfeitas, mais excelsas condições de observar fenômenos que só nos livros apareciam nitidamente. E foi assim que, deixando embasbacados os cariocas, que viram desprezadas as ofertas que faziam, e sem que ninguém da pequena terrinha interiorana pudesse imaginar (mesmo porque a cidade era pequena, ninguém lá era muito acostumado a imaginar coisas), Simão Arapuca desembarcou em Brasilândia, ele e seu título raro, obtido no coração do mundo ocidental, na sede do desenvolvimento mais ardoroso e espetacular do tempo.

Sua primeira ideia, na verdade, fora menos estudar, e muito mais participar da vida econômica local; mas era certo que, como agente e como observador simultaneamente, ele poderia ter muito mais e melhores elementos para praticar sua ciência. Foi por isso que chegou na pequena rodoviária já com a nítida deliberação de fazer prosperar ali uma empresa de seguros, como as que ele tinha estudado e visto funcionar na América – era assim que os americanos chamavam seu país, e era assim que Simão passou a chamar, para confusão de seus interlocutores brasileiros, que imaginavam o continente todo no mesmo lugar semântico em que nosso doutor via apenas aquele país sem nome, os Estados Unidos.

Desceu do ônibus e localizou um prédio disponível bem no centro da pequena cidade: ali colocaria o escritório. E assim fez, contratando um aluguel de 18 meses por antecipação, tão certo estava do sucesso dos seguros. Moraria nas demais peças, mais para os fundos, porque nas peças da frente, que davam para a rua, ficariam escrivaninhas, máquina de escrever e calcular que ele trouxera da Meca do Capitalismo, mais os arquivos de aço, papéis, ventiladores e essas coisas todas que ele sabia serem a alma do negócio, ao menos para os outros, para os compradores dos seguros, porque para si mantinha a justa clareza de que o negócio era fazer circular o capital, coisa bem mais abstrata.

O centro da cidadezinha era, na prática, quase tudo que fosse construído com tijolo, tantas eram as casas de madeira das poucas quadras da cidade. Casinhas pitorescas, algumas do tempo da chegada dos imigrantes, do tempo do começo da cidade. As de tijolo, quase todas de um só piso, abrigavam prefeitura, rodoviária, fórum, escola, igreja católica, casa do médico, delegacia, poucas mais; e uma delas seria a loja de seguros. E ele deu início à jornada nova.

2.

Deu tudo errado, como ficou claro em menos de dois meses. Ou porque a cidade nunca tivesse ouvido falar de seguro, ou porque não houvesse dinheiro sobrando, ou porque o nosso economista não dispusesse da necessária lábia para a venda, o certo é que ele só encontrou caras de interrogação, dúvida e perplexidade em suas tentativas de fazer os brasiliandeses aderirem ao moderno sistema de financiamento do futuro. Foi com certa melancolia que ele constatou que tinha posto dinheiro fora.

Mas ele era um cientista, tomava decisões racionais, baseado em probabilidades, tendências, regras matemáticas, tudo isso, e não tinha cabimento deixar-se levar por emoções. De mais a mais, a ciência tem o inefável dom de curar todas as dores. Foi então que lhe ocorreu que podia ainda assim ser agente e observador da economia, mas de outro modo, modo aliás que ele também havia aprendido na América. A palavra que lhe veio à mente foi "consultoria". Ia dar consultorias, ganhando apenas um pedaço dos resultados de operações que ele mesmo ia bolar e incentivar. Ofereceria trabalho de graça, em troca da promessa de pagamento de percentuais do lucro obtido, naturalmente caso suas ideias tivessem sucesso (se fracassassem? Não estava em questão essa hipótese; mas se desse errado, tudo errado mesmo, certamente não seria com ele o prejuízo).

Voltou àqueles a quem tinha tentado vender seguros, infrutiferamente, mas agora para propor outro tipo de negócio – e tudo era negócio para Simão Arapuca, um legítimo liberal de seu tempo histórico. Na casa de um senhor que tinha quatro vacas e vendia leite na própria cidade e que nem sempre conseguia vender todo o leite que tirava, ele desenvolveu uma conversa sobre as virtudes do aproveitamento total da matéria-prima, neste caso o produto natural da vaca, para mostrar que era possível a ele, viúvo, consorciar-se com uma senhora também viúva, que vivia logo adiante, no começo da zona rural, onde Simão a visitara no breve período da venda dos seguros, e que tinha muitas dificuldades econômicas, para que ela fizesse manteiga e outras coisas com o leite sobrante em cada dia: os dois ganhariam, e Simão lucraria um honesto percentual dos resultados do faturamento.

Na casa do ferreiro, que tinha feito a cara mais esquisita de todas em seu período de tentativa de venda de seguros, ele primeiro sondou os detalhes de sua produção – de onde vinha sua matéria-prima, para onde ele vendia, que produtos ele sabia fazer. Ao saber que o ferro era comprado em uma cidade a 100 quilômetros de distância só porque o fornecedor era um primo remoto, Simão exultou, ao perceber ali um dos elevados custos irracionais; e, enfrentando alguma dificuldade ideológica e a resistência afetiva por parte do ferreiro, mas com a total convicção oferecida pela teoria, convenceu o ferreiro a trocar seu fornecedor, passando daquele parente dos cafundós para um outro sujeito, um com cara e práticas de bandido mas no que importava muito eficiente, que vivia na cidade vizinha, a menos de 10 quilômetros. Menor custo na produção, esta era a chave daquele caso.

E assim ele foi, de um em um, conversando, sondando e estudando caso por caso, depois diagnosticando com perfeição os limites e as potencialidades dos futuros clientes de sua consultoria. Daí partia para o trabalho mais pesado, que era convencer os moradores da cidade a melhorarem seu desempenho econômico, diminuindo custos, cortando gastos supérfluos, substituindo matérias-primas mais caras por outras mais baratas, melhorando os processos, otimizando a produção, prospectando e incorporando novos compradores, desenvolvendo novos produtos, encurtando o tempo de produção, localizando nichos de mercado, tudo isso ou alguma coisa disso. Ele tinha visto todas essas coisas em abstrato, quando fez seu doutorado, e, para sua felicidade, via que a teoria funcionava na prática.

3.

A situação foi ficando cada vez mais interessante, para o observador que ele era, do modo como tinha sido treinado lá na América. Muitos produtores, primários, secundários ou terciários – quer dizer, plantadores e pecuaristas, artesãos e pequenos industriais ou comerciantes, tanto os menores quanto os maiores, que os havia na cidade em proporção mais ou menos equânime –, estavam prosperando, e Simão com eles, é claro. Um ou outro não ia para a frente, e isso para Simão era motivo de maior dedicação ainda: voltava a estudar o caso, entrava em maiores detalhes, retornava aos livros que trouxera, e mais uma vez oferecia caminhos, muitas vezes chegando até a baixar a quase zero o custo de sua consultoria.

E quase não havia entre os proprietários médios e grandes quem não quisesse seus serviços, nesta altura. Com raríssimas exceções, todos os burgueses ativos de Brasilândia marcavam hora com Simão, que os visitava, para entrevistar os agentes econômicos envolvidos, conhecer os fatores em causa, diagnosticar com precisão o caso e prescrever o caminho a seguir. Os resistentes, pouquíssimos, eram vistos como atrasados, gente que não colaborava com o desenvolvimento de toda a cidade e do país; e mesmo alguns que não viam maior necessidade em alterar seus métodos e procedimentos acabavam contratando os serviços do doutor em Economia, porque pegava mal não ostentar tal condição, entre a sociedade "bem" daquela cidade.

Tal era sua atuação, tão destacada era sua participação no desenvolvimento da cidade, que era inevitável ser sondado para concorrer a vereador e mesmo a prefeito, em Brasilândia. Um sujeito, tido como tendo uma visão mais ampla e abrangente, sugeriu, em conversa durante almoço na casa do juiz, que seria até o caso de lançar Simão para deputado estadual, antes fazendo propaganda de suas realizações pelas cidades da região, porque o papel daquele doutor em Economia estava mudando a história da região, projetando Brasilândia em direção a um futuro magnífico. O prefeito, pela mesma época, foi até Simão oferecer-lhe o cargo de secretário da prefeitura, para ocupar-se de tudo que dissesse respeito a planejamento, economia, finanças, impostos, obras, tudo. E a todas essas propostas Simão resistiu. Não queria nada; seu desejo era apenas continuar exercendo sua ciência, na prática da consultoria e na teoria de seus estudos, que ele continuava a desenvolver, cogitando mesmo uma nova temporada americana, para terminar de escrever o estudo e publicar um livro por uma grande editora.

Ah, sim, ele queria uma coisa dos órgãos da prefeitura e de quem mais representasse o estado, a organização política da sociedade: queria que não incomodassem inventando mais impostos, fiscalizando tudo por qualquer motivozinho irrelevante; queria que deixassem os agentes econômicos tranquilos para trabalhar e prosperar, se possível diminuindo e, idealmente, terminando os impostos. No mais, nada queria. E quem ia se meter com Simão Arapuca, com as coisas dando tão certo?

4.

Tudo prosperava, depois de seus estudos e conselhos, essa é que era a grande verdade. De tal modo a coisa andava, que nosso doutor teve um certo período de calma intelectual, de vagar filosófico; e foi exatamente neste ponto excelente que Simão resolveu formular um conceito explícito, que resumisse suas convicções, baseadas na prática do que vinha vendo e fazendo. O que era a economia, em uma cidade, isto é, em qualquer cidade, e portanto no mundo todo? Era a ação livre de seus cidadãos, que buscavam produzir mais, a menor custo, com maior lucro, para o maior desenvolvimento da comunidade; o resto era crendice ou bobagem. E se era a ação livre dos cidadãos, em busca de maior lucro, tudo estava certo.

Estava mesmo? Ele se pegou perguntando isso, de si para si, num determinado dia. Tudo prosperava, isto é, todas as consultorias que fizera estavam caminhando na direção certa, boa e justa; mas para Arapuca não era suficiente aquele sucesso, dele e da economia de Brasilândia; em seu íntimo, sabia não haver, em toda a teoria estudada, qualquer formulação que mandasse parar quando se chegasse a um determinado patamar de atividade econômica; ele nunca ouvira tal coisa. Era preciso ir adiante, romper fronteiras, avançar, sempre.

Pôs-se a pensar, a examinar a situação da cidade, os vários setores de atividade que ali existiam, e constatou que havia uma série de nichos de mercado e de agentes potenciais dormindo um sono antigo, poderia dizer semifeudal, coisa que não combinava com os preceitos do liberalismo de que ele era arauto perfeito e acabado.

Um exemplo bom era o setor dos produtores de carne e lã. Embora tivesse dado, quer dizer, vendido consultorias progressistas para alguns deles, era certo haver um enorme potencial de crescimento econômico ali. Era possível, por exemplo, fornecer para mercados mais distantes, exportando carne para quem precisasse, ainda que fosse do outro lado do mundo. Além disso, era possível beneficiar mais os produtos, antes de exportar, para que houvesse maior "valor agregado", expressão que Simão repetia com ares de revelação. Ele mesmo já tinha falado sobre isso com algum fazendeiro, e este lhe respondera que para isso seria preciso melhorar o rebanho, contratar veterinários, importar matrizes, comprar máquinas, e tudo isso custava dinheiro, investimento. Simão agora estava convencido de que era preciso insistir com este setor para que sim, se endividasse, tomasse empréstimos, para lucrar depois. E voltou à carga.

Com bom sucesso, é bom dizer. Simão, quando fazia um diagnóstico e uma proposta, no contexto de uma consultoria, era bom de convencimento: mostrava gráficos, tabelas, números, tudo muito encantador. Não é que os produtores entendessem tudo, longe disso; mas o que ele dizia, a concatenação de sua fala, o progresso que pintava, a eloquência de números e gráficos, tudo era irresistível.

Em determinado dia, precisando aliviar sua carência sexual – tanto trabalho não lhe permitia dedicar-se ao vulgar empenho de procurar uma parceira, namorar, noivar, casar, essas coisas –, Simão voltou ao bordel da cidade, que ele frequentava de quando em quando. Mas desta vez foi diferente: de tanto operar naquela coisa de consultoria, de busca de racionalização da produção, redução dos custos, otimização dos lucros, ele não resistiu, e assim que acabou de satisfazer sua necessidade imediata levantou da cama e começou a anotar, numa caderneta quadriculada que levava sempre consigo, todo o esquema econômico daquela – como não? – atividade econômica que acontecia no bordel.

Feito o esboço, procurou o dono do lugar no mesmo dia, aliás mesma madrugada, e com ele começou a desfiar seu conjunto de premissas e conclusões, tudo fazendo sentido: diminuir o tempo de permanência do comprador do serviço; comprar preservativos e toalhas mais baratos; colocar mais ofertas atraentes de bebida e comida na cabeceira da cama, para que o comprador do serviço pudesse ler na hora em que estivesse ali, usufruindo do serviço comprado; negociar com os fiscais do poder público, para pagar propinas mais baixas, ou oferecer serviços em lugar de dinheiro para eles; diversificar a oferta; enfim, sugeriu uma série de medidas que, em prazo não superior a um mês, no máximo dois, começariam a mostrar resultado na contabilidade.

Essas iniciativas chegaram aos ouvidos de todo mundo, ou ao menos de todos os homens da cidade, em pouco tempo, espalhadas que eram pelas eficientes empregadas do estabelecimento, todas por sinal retreinadas pelo próprio Simão (que, porém, não aceitou que sua consultoria fosse paga em espécie, era sua premissa número zero). E houve quem começasse a ver, neste exato movimento de Arapuca, o começo de sua derrota, porque estava ultrapassando o limite do bom senso. Afinal, a tradição muitas vezes se impõe sobre a modernidade, e um serviço como aquele não precisava de consultoria de doutor para funcionar, pensavam todos, a começar por figuras gradas daquele mundo, como o prefeito, o juiz, o professor de Latim (sim, era o tempo anterior à Reforma de Ensino), o próprio contador da prefeitura, o guarda-livros, até então a figura mais importante em matéria de economia que havia na cidade. (Este contador, é bom dizer, se converteu num discípulo feroz dos ensinamentos de Simão. Onde houvesse ocasião, lá ia ele defender o doutor; de vez em quando conseguia argumentar, mas noutras ocasiões, quando escasseava a razão, ele passava a insultar os que não seguiam a doutrina reta do liberalismo.)

Mas a coisa engrossou noutro caso, porque a rigor Simão nem ligou para o zunzum que chegou a seus ouvidos em função da consultoria dada no (como o doutor anotou em sua caderneta) Setor de Diversão Privada Adulta Masculina Noturna. O troço complicou mesmo foi quando ele começou a pensar no ciclo econômico de um recanto do setor terciário que até então ficara infenso à modernização, à racionalização liberal. Nada menos que a Igreja. Sim, ela mesma. Ela não girava dinheiro? Não vendia serviços? Acaso não cobrava pelo que fazia? Sim, sim, sim. Então também ela precisava saber das verdades que Arapuca trouxera da América. Nosso economista estudou o caso em sua casa mesmo, lembrando dos tempos em que frequentara aquele mundo de hóstias, confissões e missas, depois entrevistou umas quantas figuras da cidade, especialmente as senhoras donas de casa, que viviam entrando e saindo da igreja, e por fim desenhou toda uma reformulação, a ser apresentada para o padre.

Em lugar de distribuir aquele pãozinho em cada missa, uma cobrança, por simbólica que fosse, deveria ser instituída ("Não existe almoço grátis" era a frase-símbolo, a frase-síntese dessa sugestão); em compensação, era preciso remunerar o serviço das senhoras que rezavam, na igreja mesmo ou nas casas de usuários dos serviços (Simão aboliu o termo "fiéis", que lhe pareceu contraditório com os princípios da consultoria que estava oferecendo); cabia claramente oferecer em locação espaços ociosos da igreja, que durante os melhores períodos de funcionamento do comércio permanecia fechada, quando tanta atividade poderia acontecer ali, ademais um prédio elegante, vistoso, de localização privilegiada. Uma série de coisas era preciso começar a fazer, e logo.

O padre, que desde a chegada do doutor em Economia cultivava suas desconfianças em relação a ele – afinal o que fazia aquele doutor, que nem um simples e trivial remédio podia receitar? E de mais a mais, não era verdade que os economistas eram todos ateus, e mesmo leitores de Marx, entre outros judeus materialistas? –, agora tinha motivos sólidos para combatê-lo, porque o homem dera de se meter na seara que não era sua, definitivamente. O reino do padre, como o do fundador daquele setor de atividades (se bem que em outro sentido), não era daquele mundo dos números, da racionalidade econômica e sabia ele mais o quê. Mas como combater Simão, se todos o aprovavam?

Agora, porém, não eram mais todos que o aprovavam. Depois da consultoria ao bordel, algumas insatisfações haviam começado a se manifestar, e agora era com ele mesmo, o representante de Igreja. O padre – que se chamava Pio, padre Pio, é justo que se nomeie – receou uma aliança tão clara entre, bem, setores tão díspares da cidade, como o bordel e a Igreja, e por isso mesmo pôs as barbas de molho. Assuntava os maiorais da cidade sempre que podia, em alguma festa ou solenidade, não hesitando em lembrar que o materialismo era um pecado. Mas não ia muito além disso. Mesmo na festa de são Propício, o padroeiro da cidade, quando o padre pôde falar com calma e método com o prefeito e com o juiz, nada prosperou no sentido de organizar alguma resistência contra a dominação de Simão Arapuca sobre a vida da cidade. A reação demoraria ainda.

5.

Simão recuou diante da resistência do padre em aceitar sua consultaria? Não, nada disso. O que resultou foi uma vontade ainda mais entranhada de perseguir seus objetivos, com base na prática que ele via acontecer, diariamente, em vários setores, com qualquer empreendimento, e com base nos estudos, que continuava desenvolvendo. Era, claramente, em sua percepção, a vitória das teses liberais, a validação dos preceitos que ele tinha aprendido na América.

Ele assim seguia sua militância, ele mesmo praticando seus princípios de expandir e diversificar, alcançando novos mercados e lançando novos produtos. E chegara a hora de oferecer consultoria agora à classe média baixa, aos muito pequenos proprietários, a todo mundo mesmo. Aquele conselho dado aos fazendeiros, de que deveriam sim se endividar com o banco para poder dar o salto tecnológico em direção ao futuro, Simão o deu também a praticamente todo mundo, dos mais fortes produtores, passando pelos pequenos industriais e artesãos, e chegando até os pequenos proprietários rurais, produtores que apenas sobreviviam de alguma plantação e algum animal, figuras de que a cidade era pródiga. A estes, Simão aconselhava que vendessem seu pedaço de terra o mais rápido possível (ele próprio comprou não poucos sítios, mas sempre desinteressadamente, dizia), e viessem morar no núcleo urbano, ainda que fosse em condições precárias; porque, garantia Simão, era certo que mais e mais indústrias viriam instalar-se ali, e os antigos sitiantes e colonos deveriam evoluir para a condição de operários, futuro do Brasil.

Essas consultorias para os de baixo Simão exercia como uma benemerência: não cobraria um percentual sobre tudo que ganhassem durante um longo período, sua prática habitual com todos os outros casos; se contentava ficando apenas com o primeiro salário futuro de cada ex-sitiante, quando se transformasse em neo-operário.

E não foram poucas as dezenas e mesmo centenas de pequenos proprietários, que antes viviam em condições precárias porque não tinham nem luz elétrica, nem água corrente, naquele atraso rural em que viviam – ou sobreviviam –, não foram poucos os que mudaram totalmente seu estilo de vida, passando a residir em conjuntos habitacionais com luz e água, pertinho da cidade, que crescia a olhos vistos. Nem sempre havia tais conjuntos prontos, é claro, mas não seria este o impasse, nem o motivo para que deixassem de evoluir, dizia Simão, certo de que as autoridades em algum momento tratariam disso. E quando vinham para a cidade, vendiam e até davam tudo que tinham: velhos móveis de madeira, de uso muitas vezes quase centenário; aparelhos de ferro de uso diário, como ferros de passar roupa, panelas, ferramentas; tudo era vendido ou dado, porque agora tudo era de fórmica, plástico, alumínio. A modernidade se fazia de novos materiais, era claro.

6.

Ficou satisfeito nosso Simão, dizem as crônicas, apenas por pouco tempo. Não era suficiente para ele ver melhorarem as atividades econômicas; seu desejo era para mais – assim como não havia limite teórico, não deveria haver limite prático para o crescimento que ele queria e impunha, naquela comunidade exemplar. Seu conceito, até então vigente – "A economia era o resultado da ação livre de seus cidadãos, que buscavam produzir mais, a menor custo, com maior lucro, para maior desenvolvimento da comunidade" – ainda o satisfazia, mas em termos; algo havia nesse conceito que ainda representava um resquício iliberal, que ele farejava mas não conseguia identificar com clareza. Simão um dia se propôs reescrever tal definição, com vistas a ampliar ainda mais seu raio de ação na cidade e, consequentemente, aumentar a força econômica de Brasilândia. Examinou a frase de todos os modos, foi até o fim e retornou ao começo, avaliando cada palavra, cada nexo, depois os sintagmas, as funções sintáticas, sem no entanto encontrar o problema.

E não encontrava porque de fato não havia problema: era uma frase perfeitamente liberal. Mas então o que havia nela que parecia a ele um limite, uma restrição, uma fronteira a ser utrapassada?

Era a menção à "comunidade", só podia ser isso. Ligar lucro com qualquer coisa comunitária era, Simão concluiu, um equívoco e mesmo uma heresia contra o liberalismo puro, legítimo. Lucro era lucro, e o resto era crendice ou bobagem.

Assim, refez a frase, com um novo senso de precisão científica, retirando aquela nefasta menção à vida comum; agora, depurada, a síntese de nosso doutor passou a ser: "A economia é o resultado da ação livre de seus cidadãos, na busca de maior lucro", e era isso.

Foi com essa certeza na mente, aliás devidamente anotada para aquele futuro livro que escreveria e publicaria na América, na sua querida América, que Simão Arapuca voltou a pensar em tudo que havia feito até então, para tentar descobrir se ele mesmo não teria cometido algum pecado antiliberal, nas centenas de consultorias que dera até então. E, sim, era preciso admitir que havia práticas não totalmente liberais entre seus conselhos e ações. Por exemplo: percebeu que podia ter sugerido aos produtores de leite que, bem, em busca do lucro como o fim maior, não constituía erro condenável coisas como, digamos, misturar um tanto de água ao leite. Afinal, muitas vezes o leite era gordo demais, e até se sabia – já estávamos nos anos 1970 bem avançados, nesta altura – que isso podia causar problemas, entupir veias, coisas assim, de forma que, ora, aguar o leite até podia ser bom para a saúde. Pensando em exemplos como esse Simão viu brotar de sua memória um antigo preceito, aprendido em seu estudo americano, que agora lhe parecia a chave de tudo: o ponto era "Liberar as forças produtivas". Isso sim.

Foi até o setor do leite levar essa nova conclusão, essa revelação, mantendo o cuidado de falar de um em um, sem nada de coletivo, nada de reunião ou cerimônia pública, nada que pudesse dar margem a alguma resistência – sabe como é, em reunião, no coletivo, muitas lideranças se agrandam, e é melhor evitar essas coisas, conforme ele tinha aprendido também na América. O resultado não podia ser melhor: conversando com todos os principais, todos, isoladamente, aceitaram, e com o passar do tempo tiveram lucros aumentados, o que naturalmente se refletia nos ganhos do nosso científico consultor. Houve um ou outro que esboçou reação negativa, lembrando que não parecia moralmente certo aquilo de acrescentar água ao leite, porque afinal estavam produzindo e vendendo era leite, quer dizer, as pessoas que compravam queriam aquele produto chamado leite, e não outra coisa; a esses, Simão olhava com um leve sorriso no canto do lábio, considerando-os caipiras, atrasados, incapazes de encarar o futuro e o progresso, almas iliberais que precisavam ser convertidas ou, em caso extremo, varridas do território – pela concorrência, preferentemente, mas senão pela força bruta dos demais envolvidos, por que não. De todo modo, mesmo esses poucos resistentes logo abandonaram a veleidade moral, para entregar-se ao novo modelo.

Simão teve ainda outra ideia: lembrando que as duas pequenas fábricas de roupa da cidade, na verdade pouco mais do que dois ateliês de costureiras, que eram apenas artesãs quando ele chegara na cidade e agora tinham, cada uma, duas empregadas, Simão perguntou-se por que não tentar com essas fabriquetas um lance mais ousado – especificamente, considerando que Brasilândia ficava longe da capital, e que na prefeitura tudo corria bem para ele e suas consultorias e para as empresas que o contratavam quanto à fiscalização, enfim, levando em conta as chamadas condições objetivas, era hora de sugerir àquelas suas antigas consultantes o passo além, para ganhar mais: a pirataria. Que custaria copiar modelos de marcas que se tornavam famosas e se impunham como necessárias no gosto dos compradores – a criação de necessidade de consumo era uma área que Arapuca queria explorar mais –, já que ninguém os incomodaria com fiscais, cobranças de direitos autorais e o que mais fosse em matéria de chateação e de interferência do Estado na livre ação dos agentes econômicos?

Foi nosso doutor até elas, separadamente como convinha, e as duas toparam. Tomou o cuidado de sugerir piratarias diferentes para cada uma, de forma a não criar este conflito logo na saída, e tudo andou bem. Em poucos meses, os lucros cresceram consideravelmente, e ele encheu ainda mais as próprias burras, quer dizer, as reservas que ia fazendo, com aplicações no banco estatal do país e, mesmo, alguma coisa no exterior, sabe como é.

E assim seguiu agindo ele, forçando fusões de pequenos empreendimentos para otimizar algum setor produtivo, operando pressões sobre concorrentes que insistiam em arguir moralmente as propostas liberais que apresentava a determinado setor, obrigando alguns a praticar venda casada e coisas pelo estilo. Não se pode negar que em alguns casos Simão chegou a cogitar contratar capangas para executar o que precisava ser executado, a bem de fazer valer a lei liberal; mas o destino o poupou desse encargo.

7.

O que deflagrou a revolta contra Simão não foi nem a consultoria ao bordel, bem sucedida, nem a outra à Igreja, que de resto foi rechaçada pelo padre, nem as fraudes dos produtos, a pirataria, nada disso. Mas é certo que, na altura dos primeiros anos 80, junto com a redemocratização do Brasil, uma intensa revolta popular explodiu contra o Economista.

Ela foi deflagrada com uma onda de execuções fiscais e bancárias que devastou a cidade de Brasilândia. Muitos dos supostamente renovados produtores, rurais e urbanos, recebiam ultimatos de bancos, com quem tinham contraído empréstimo para alavancar seus negócios e para quem deviam até a alma; alguns perdiam bens móveis, a começar pelos automóveis importados modernos que circulavam pela cidade, cada vez por sinal com o trânsito mais atrapalhado. Alguns conseguiam postergar as execuções mediante corrupção, mas eram poucos, só os mais de cima; a regra para muitos foi perder tudo.

Até os antigos pequenos proprietários rurais, que haviam vendido suas terrinhas e pertences a troco de banana para buscar o sonho da cidade, quer dizer, para conquistar o apartamento, a fórmica, o plástico, a televisão a cores, começaram a perder o pouco que haviam eventualmente conquistado: um apartamentozinho comprado com todas as economias e mais o trabalho de todos os membros válidos da casa, uma casinha nos arrabaldes da cidade, agora já convertidos claramente em periferia miserável, qualquer coisa. Até bens móveis, geladeiras, fogões, coisas de algum valor, eram levados pelos credores, empresas financeiras e varejistas, em busca de minimizar prejuízos. Porque nessas horas de crise, como sempre ocorre no mundo liberal – mas isso Simão não tinha aprendido em nenhum livro, apenas na prática –, funciona a lei do mico, como no antigo joguinho de cartas: o que importa é passar o mico adiante, nunca permanecer com ele na mão, a qualquer custo, mesmo que seja preciso mentir, fraudar, qualquer coisa.

A revolta popular começou quando confiscadores chegaram na casa de um dos sujeitos que mais tinha resistido à contratação da consultoria de Simão. Chamava-se Porfírio o homem, e sua história não diferia muito da de muitos outros: era pequeno proprietário rural, produzia e vendia hortaliças, frutas, galinhas, ovos, coisas necessárias para a sobrevivência que garantiam boa alimentação à família mesmo em tempos adversos, antes da chegada do Economista. Mas não adiantou muito sua resistência a Simão Arapuca, o futuro em forma de pessoa: a pressão de sua esposa fora insuportável, a favor da modernização que, ela acreditava, residia em seguir os conselhos do grande entendido nas coisas da economia. Talvez fosse na verdade apenas mania da mulher de seguir a moda que suas amigas e conhecidas já seguiam, e que a esposa de Porfírio não aguentava apenas observar de longe: uma conhecida comprava uma roupa nova, lá ficava ela sofrendo até conseguir comprar também uma, mesmo quando não precisava absolutamente de roupa nova. E assim por diante, quer se tratasse de vestuário, quer fosse um eletrodoméstico ou um aparato de cozinha, quer ainda estivesse em causa um item de decoração da casa.

O certo é que, vendo chegar os confiscadores, pela janela de seu acanhado apartamento suburbano de um quarto, onde se acomodavam o casal e seus três filhos menores de idade, mais o avô deles, pai da mulher, inválido, que dormia na sala, Porfírio não teve dúvidas: tirou de dentro do forro do colchão uma velha garrucha, herança de seu avô que ele escondera para fugir à sanha da esposa em vender tudo que era coisa velha, naquela época da modernização forçada, e mesmo sem saber direito como ela funcionava, se é que funcionava, saiu rua afora, gritando que aquilo não podia ficar assim. Com a garrucha na mão, sacudida no ar ameaçadoramente, Porfírio barrou a entrada dos confiscadores na esquina de sua rua, no acesso àqueles edifícios e casas. Sua atitude corajosa foi suficiente para que dezenas de homens iguais a ele, experimentando as mesmas agruras, se juntassem a ele na tresloucada reação que ali começava e que em seguida se transformou em uma fornida celebração da dignidade perdida; e começou a crescer, no coração de Porfírio, a ideia de caminharem todos até a casa do doutor Simão Arapuca, para reclamar. Seu coração concebeu a ideia, que tão logo foi relatada contaminou a todos os descontentes da redondeza, começaram o deslocamento em direção ao quartel-general do inimigo.

Chegar lá e fazer o quê? Bem, Porfírio também não sabia exatamente, como precisou admitir quando a pergunta atravessou seu pensamento. Sua liderança nasceu de improviso, sem qualquer premeditação: foi uma reação visceral de quem estava vendo a hora de entrarem em sua casa para levar o fogão, a geladeira, ou de os expulsarem de dentro daquele cubículo, que era horrível mas era tudo que ele tinha mantido, depois da, bem, modernização. O certo é que era preciso chegar lá, olhar firme para o responsável por tudo aquilo, o inventor de tanta moda.

Também espontânea foi a adesão das pessoas, da gente da vizinhança e de todas as ruas por onde passava a grotesca caravana de liderados de Porfírio, gente pobre e desgrenhada, incendiários inofensivos armados de uma velha garrucha, alguns canos de ferro e pedaços de pau, sujeitos com caras sofridas que recuperavam ainda que provisoriamente uma certa dignidade, indivíduos que brandiam ao céus pequenos maços de papéis, as promissórias assinadas com confissão das dívidas, os carnês dos crediários, as cartas de execução expedidas pelos bancos. Subiam a mais de duzentos os homens, jovens, velhos, até mulheres, que seguiam a liderança meio sem rumo de Porfírio.

8.

Simão, nessa hora de revolta, estava em casa, estudando, anotando coisas, sempre tendo em mente o livro exemplar que publicaria na América. Nada o fazia suspeitar da bronca que se avizinhava. Na cozinha da casa – eram umas 9 horas da manhã – estava sua noiva, uma criatura escolhida por ele por suas virtudes econômicas que lhe pareceram incontestáveis; era (ou parecia ser) ótima para o trabalho, com braços fortes e rosto corado, compleição estável e caráter dócil, altura compatível com os principais misteres domésticos e profissionais, temperamento ameno e, mais importante ainda, uma poupadora notável.

Norma, este o nome da noiva, foi conquistando a simpatia de Simão paulatinamente, sem entusiasmos impetuosos, mas em escalada contínua e segura. Tanto ele ficou satisfeito que a pediu em casamento, para dali a algum tempo, indefinido; enquanto isso, ela passou a morar com ele, desempenhando com denodo todas as tarefas do lar, a faxina, a produção de comida, a lavagem das roupas, até mesmo as cópias de tabelas e a preparação de gráficos para as apresentações da famosa consultoria do noivo, futuro marido. Não faltaram línguas maldosas na cidade para dizer que Arapuca tinha era arranjado uma empregada doméstica a custo quase zero, e não uma noiva; mas ele ou não sabia dessa interpretação, ou fazia de conta que não era com ele o problema, porque mantinha esse arranjo altaneiramente.

Pois na hora em que a multidão crescia nas ruas, sob a liderança de Porfírio, Norma estava envolvida numa ação rara, raríssima em sua vida: examinava, na mesa da cozinha, um catálogo de produtos de beleza, chegado ali pelo correio. Examinava com visível prazer, como que sonhando acordada com cremes, perfumes, loções, batons e todo um arsenal de itens de embelezamento feminino a que ela não tinha acesso, em parte porque era mesmo uma mulher econômica, não gostava de gastar à toa, mas em outra parte porque não tinha dinheiro, não dispunha de acesso à conta bancária, nem tinha cartão de crédito, porque Simão assim queria. Ele na verdade cogitava, às vezes, pagar algum salário a Norma, eficiente que era nos afazeres que lhe eram designados; mas logo desistia, alegando de si para si que era um redondo equívoco essa ideia, já que se tratava de sua noiva, e portanto qualquer relação de assalariamento seria aviltante.

Ali estava Norma, no mundo da lua dos produtos de beleza, quando uma vizinha entra pela porta dos fundos, quase sem fôlego, aos gritos:

– Norma, Norma, te cuida, mulher. Vem vindo uma multidão pela rua, e eles gritam o nome do teu noivo! Estão revoltados e dizem que vão matar o Simão, quer dizer, o doutor Simão, Norma! Foge! Avisa pra ele!

Assustada, Norma nem agradeceu pelo aviso; saiu correndo para o escritório, onde estava Arapuca, calmo, medindo seus números e pensando. Chegou gritando:

– Simão, doutor Simão, doutor Simão! Uma revolução contra o senhor! O povo tá na rua, vindo pra cá! Vamos fugir pelo amor de deus!

Simão a olhou com frieza; de fato, gostava de ser chamado de senhor e ser tratado como doutor, inclusive pela noiva; mas não gostava nada de exaltações, de solavancos; assim como a ciência econômica era uma ciência fria e calculada, também a ciência da vida deveria tratar os imprevistos de modo sereno. Repreendeu brandamente sua Norma, dizendo que ela não entendia nada, nem de revolução, nem de rua, e que ficasse lá, na cozinha, fazendo o que era para ser feito naquela hora da manhã, que ele mesmo se encarregaria de tudo.

Enquanto isso, a passeata continuou engrossando, recebendo adeptos novos a cada cem metros. Eram outros como o Porfírio, antigos proprietários de pequenos pedaços de terra que haviam sido induzidos a abandonar seu antigo estado de vida, medíocre porém seguro, em favor de uma aventura que agora mostrava sua verdadeira face; eram antigos artesãos, um ex-alfaiate, um ex-ferreiro, o ex-sapateiro da cidade, todos havendo igualmente abandonado o antigo ofício e posto no lixo seus antigos aparatos de trabalho, para integrar-se no mundo da indústria nascente, em que não havia lugar senão para roupas e sapatos já prontos, em que gente com suas especialidades seria um estorvo, segundo rezou a consultoria de Simão; eram inclusive antigos industriais, como o ex-dono da fábrica de fios de arame farpado e de cercas, que havia vendido suas antigas máquinas e abandonado aquele ramo, para abrigar-se como gerente de uma indústria que fabricava cinzeiros de metal para exportação.

Todos, sem exceção, seguiam Porfírio com ardor, por si mesmos – cada um tinha ou julgava ter sólidos motivos para querer a cabeça do economista – e pelo líder, que caminhava como se estivesse a caminho não da casa de Arapuca, mas do encontro com o Destino. No caso concreto, o Destino ficava na mesma casa alugada logo da chegada do doutor a Brasilândia, como o leitor vai lembrar, ali onde ele instalou primeiro o escritório da empresa de seguros, que gorou, e onde ele viveu desde sempre.

O aluguel era barato, porque ele convenceu o dono do imóvel, com expressivos gráficos e deslumbrantes tabelas, que, mesmo que o valor potencial do pequeno prédio fosse, digamos, 10, na prática, dadas as condições objetivas da construção (não muito grande, sem atrativos modernos, padrão simples de acabamento, etc.) e mais ainda dados os predicados do sujeito que o alugava (ele mesmo, o famoso doutor Simão, doutorado nos Estados Unidos e consultor de quase todo mundo na cidade), o prédio merecia não mais do que 2 como pagamento mensal. Mesmo porque – argumento final daquela negociação – Simão se dispunha a manter, na placa que providenciou para afixar na parede frontal do prédio, o nome do dono, com destaque suficiente como para ser lido em igualdade de condições com o do doutor. Era uma forma de propaganda até então desconhecida na cidade, e que o economista soube aproveitar apropriadamente.

A massa caminhava com fúria, batendo os pés no chão como se fosse uma tropa militar sem disciplina nem unidade, mas com gana. Nada parecia capaz de barrar seu curso. À frente, Porfírio e mais dois ou três vizinhos, marchadores de primeira hora. Um desses, por sinal, foi quem começou a puxar o primeiro canto coletivo na ocasião; era um hino simples e objetivo, de sua igreja, luterana, que falava da força de Deus quando os homens se uniam e que, por não ofender nenhum princípio católico ou macumbeiro, foi adotado por todos.

Das janelas, algumas pessoas observavam sem aderir, mas também sem contestar. O padre foi dos primeiros a perceber o movimento; logo entendeu o que se passava, mesmo porque tudo ficava claro pelas palavras de ordem gritadas a cada tanto – *O povo / unido / jamais será vencido* era um deles; outro era *Simão ladrão / Simão bandido / Cai fora daqui / Senão tu tá fudido*, o mais explícito deles. O padre só não achou adequado abençoar aquele rebanho porque podia parecer oportunismo, e porque não ia coonestar um palavrão como aquele; mas em seu íntimo ficou feliz com o movimento rebelde.

O pastor da igreja luterana, que em muitos pontos havia concordado com a ação de Simão, mesmo quando o padre já tinha anunciado seu desconforto com a presença daquele "inescrupuloso buscador de lucro", também agora estava ao lado dos descontentes. Certo que gostava daquela ideia de progresso e desenvolvimento, com lucro e tudo, porque isso combinava com sua pregação; mas o endividamento de seu pessoal até o limite do impossível havia sido um erro, agora condenado por Deus, ele pensava.

E assim o delegado de polícia, o prefeito, o juiz, o professor de Latim e outros professores, quase todas as figuras gradas da cidade viram ou souberam do desfile, e preferiram um apoio mudo, para ver no que dava. Só o contador é que permaneceu achando que o doutor Simão estava certo, mesmo descontentando tanta gente.

A expectativa aumentou nos últimos metros – a jornada havia sido longa, entre o conjunto habitacional de Porfírio e o centro da cidade, coisa de uma meia hora de marcha –, quando pela cabeça de Porfírio retornou, como um flash, a pergunta perturbadora: "E o que é que eu vou fazer quando chegarmos na casa dele? Entro e pego o sujeito pela gola? Levo-o para a massa e seja o que Deus quiser?" Nada disso era muito seguro fazer, naturalmente; e Porfírio era tudo menos idiota, sabia que se trataria o caso como crime, e ele era reconhecidamente o líder daquilo tudo. Redemocratização tudo bem, estava rolando em todo o país e dava pra ver na tevê; mas matar alguém era outro papo.

"E pensando bem – ele continuou cogitando –, não seria o caso então de eu entrar na casa, exigir uma conversa séria com ele e daí propor um acordo?" Esta última palavra lhe pareceu uma saída perfeita: um acordo. Sim, negociar, como gente civilizada; eles, os pobres e empobrecidos, estavam com a razão, mas ali, do outro lado, estava um ser humano, um profissional de sua área, que bem poderia ter cometido excessos, mas no fim das contas, por tudo que se sabia, agia sempre de boa-fé.

De mais a mais, agora lhe ocorria, teria Simão Arapuca poder para estancar as ações de cobrança dos bancos e dos outros agiotas menos formais? Se tivesse, era melhor que fosse tratado com brandura, não na porrada.

Isso tudo ia-se passando em sua cabeça quando a marcha chegou na casa de Simão. Com gestos de mão, Porfírio e os outros líderes silenciaram a massa; anunciou-se que iam entrar na casa, e a massa ululou; mas sem que os revoltosos esperassem, a porta se abriu de dentro e surgiu inteiro o próprio Simão Arapuca, com sua conhecida cara neutra de expressões e olhar forte.

9.

Chegando ali, Simão disse, em um tom de voz tão normal que contrastava vivamente com a pulsação nervosa da massa, que precisava falar com o líder do movimento, a sós. Ninguém teve dúvidas de que era Porfírio este líder, se bem que um ou dois entre os que estavam na linha de frente chegaram a piscar os olhos de excitação com a hipótese de serem reconhecidos como líderes e de adentrarem aquele predinho tão famoso. Um desses era João Pinheiro, que no passado havia sido dono de uma pequena indústria de sapatos mas que fora induzido por Simão a associar-se com outro fabricante, que trabalhava com plástico, para juntos inventarem um novo calçado, não mais de couro e sim de matéria sintética; o resultado foi a falência dos dois, e João viu-se reduzido a entregador de comidas de um restaurante, de bicicleta, pela zona mais rica da cidade, onde ele mesmo residira antes da crise. Mas entrou apenas Porfírio; Simão fechou a porta logo após seu ingresso.

O que ali se passou, entre os dois, não é claro nas crônicas da cidade, mas a suposição mais consistente sugere que, antes mesmo de Simão começar a reclamar do barulho e do transtorno em sua rua, diante de sua casa, Porfírio mesmo ofereceu termos muito amigáveis de negociação. Disse o líder que, bem, aquela massa ali continha elementos de todos os tipos, e era certo que muitos estavam endividados porque não haviam seguido adequadamente as prescrições do grande consultor Arapuca; alguns eram mesmo vagabundos, que passavam o dia bebendo em bares sórdidos, endividando-se e reclamando do destino, em vez de estarem à procura das boas oportunidades que o sadio e progressista mercado de Brasilândia oferecia a quem buscava. E dito isso Porfírio acrescentou que estava totalmente à disposição do doutor Simão para uma negociação entre os dois: se o doutor aceitasse quitar um par de dívidas urgentes que ele trazia consigo e que o infernizavam, quem sabe também um carnê que a esposa de Porfírio fizera para pagar a televisão nova de muitas polegadas, ele, Porfírio, de muito bom grado desmancharia aquela aglomeração de gente, mandaria cada qual para seu respectivo canto, e tudo voltaria ao normal. Mas se por uma caso não quisesse o economista assumir tais dívidas, ainda assim havia hipótese de negociação: que tal se pudesse telefonar para o fiscal do banco, usando de sua poderosa influência para bloquear a execução da dívida? O que é que o doutor achava disso?

Simão, que no primeiro momento da reunião chegara a pensar em ceder algo à massa descontente, talvez reconhecendo que de fato seus conselhos e suas consultorias podiam, eventualissimamente, resultar em algum problema, passageiro que fosse (e, por que não, talvez até mesmo admitindo que o pagamento pelos seus serviços podia alguma vez ter sido um pouquinho, um nadinha excessivo), Simão viu que Porfírio não era de nada, que portanto não valia a pena negociar nada com ele, que não passava um trivial individualista facilmente corrompível, interessado apenas em si mesmo, sem nada do aspecto de liderança popular de que se viu investido naquela passeata insana. E se era apenas um sujeito interessado em seu exclusivo destino e no equacionamento de sua própria dívida, era, pensando bem, um tipo perfeitamente ajustado ao critério científico que Simão mesmo formulara algum tempo antes – "A economia é o resultado da ação livre de seus cidadãos, na busca de maior lucro", sem nenhum vínculo comunitário a atrapalhar –, apenas representando uma versão derrotada do liberal verdadeiro, quer dizer, um *loser*, como gostava de rotular, em inglês mesmo. Sendo assim, sentiu-se irmanado a Porfírio, com a pequena diferença de estarem cada um em um dos polos da luta econômica, Simão como vencedor, Porfírio como perdedor.

Tudo isso considerado, o economista apenas passou o braço sobre o ombro de Porfírio, convidando-o sem palavras a se levantar e deixar a casa. O líder popular baixou os olhos ao chão e ergueu seu corpo da cadeira, derrotado sem ter sequer começado a lutar, dando-se conta de que errara redondamente em sua estratégia ao começar propondo logo um acordo covarde, quando poderia talvez ter radicalizado a posição de força popular em que vinha montado.

Aberta a porta, a multidão viu Porfírio acachapado, sem brilho e sem nenhuma boa palavra para lhe dar. João Pinheiro sentiu um fogo queimar-lhe as entranhas, querendo justiça, mas não teve coragem de assumir posição explícita; sabia que era preciso esperar, o bom cabrito não berra, etcétera e tal. O que aconteceu então foi algo de melancólico, muito melancólico: se a passeata já tinha se dispersado ao natural pela chegada ao alvo, agora eram muitos os que saíam, discretamente, a caminho de volta para casa pacificamente, sem esperança de mais nada, amargando o engodo da pseudo-revolução. Não fora preciso chamar a força policial, como Simão chegara a considerar ao ver a massa, nem fora necessário um gesto público dele em comunicação direta com os descontentes: a revolta gorou, secou na casca em que vinha embalada.

Simão ainda tomou a palavra e começou a falar para as poucas dezenas de sobrantes por ali. Saudou-os como iguais a ele mesmo, gente que queria progredir e prosperar, e disse que não se preocupassem, porque ele já vinha pensando em algumas alternativas para os que eventualmente estivessem em "condições negativas de empregabilidade e de crédito", conforme suas palavras. Ele proclamou saber de novos nichos de mercado, de estratégias para diversificar a produção, uma série de possibilidades novas que se abririam. A massa não reagiu com entusiasmo; pelo contrário, permaneceu apática, sem dar mostras de retomar o vigor e a fé no trabalho.

Foi quando João Pinheiro acercou-se de Simão, pensando em externar sua revolta para, quem sabe, retomar sua antiga condição social, que tinha sido destacada e da qual sentia muita, muita saudade. O economista, vendo-o e reconhecendo-o, virou seu corpo para o lado de João em atitude de acolhimento e, com um quase começo de sorriso, saudou-o pelo nome. E disse, para todos ouvirem, que ia apresentar uma proposta concreta ali mesmo, naquela hora, uma alternativa de renda para aqueles que ali haviam permanecido: ele ia entregar a eles, para venda pela cidade afora, carnês com números de uma rifa, que ele Simão havia acabado de conceber. Quem vendesse um bloco inteiro com dez bilhetes, ganharia de bônus um bilhete da própria rifa; quem chegasse a vender cem números, isto é, dez blocos, ganharia um bônus mais valioso ainda – ganharia uma nota de um dólar americano, símbolo da prosperidade e penhor do sorridente futuro.

– E o que será sorteado na rifa? – quis saber João Pinheiro.

Simão, pegando-o pela mão, anunciou, olhando em seus olhos e depois deitando sua mirada por sobre os demais:

– Quero que todos saibam que, primeiro, o nosso grande João Pinheiro aqui, figura conhecida e querida da cidade, será o meu gerente nesse processo. – Aplausos de alguns amigos dele. – Com ele no comando, fiscalizando tudo, é certo que todos vamos lucrar com o novo empreendimento, que vai sortear uma grande quantidade de prêmios. Grande quantidade!

Simão na verdade não sabia bem o que sortear, porque aquela ideia estava apenas aparecendo em sua cabeça, foi um improviso, ainda que dotado de certo traço genial; foi quando percebeu que, entre os presentes ali, muitos tinham cara de ex-sitiantes, ex-colonos da terra, e ficou claro para ele que o melhor prêmio só podia ser um:

– Serão vários prêmios: máquinas – Simão pensava nas máquinas antigas de empresas falidas, muitas das quais ele aceitara receber como ressarcimento pelas dívidas dos fracassados entre os que o haviam contratado como consultor –, muitas máquinas! Muitos produtos para a casa – pensava em negociar a preço vil produtos piratas que ele mesmo havia proposto para alguns empresários inescrupulosos –, muitos, roupa, mesa e banho! E o maior prêmio de todos, que será destinado em sorteio especial a um entre aqueles que tiverem vendido mais de 500 bilhetes, será.... – fez um suspense dramático – será... um sítio de lazer! Sim, senhores, um sítio de lazer, localizado nas proximidades da cidade, com toda a infraestrutura, luz, água, ônibus perto, tudo, rigorosamente tudo!!!

A massa aplaudiu, dessa vez, porque realmente era um sonho bom retornar ao mundo rural, agora num sítio de lazer. Simão não disse que o sítio em que pensou era na verdade um terreno de 30 por 50 metros, nem que tal terreno era um dos incontáveis imóveis que ele fora acumulando desde que chegara a Brasilândia, em transações de pagamento pelas consultorias.

Só João Pinheiro não aplaudiu muito; ele sabia que a coisa não seria esse mar de rosas que Simão pintava, porque vender tantas rifas era difícil, imagina 500 bilhetes, só para se habilitar ao sorteio do sítio; e sabia mais: que o dinheiro ia todo parar nas mãos de Simão, que ia enriquecer mais ainda. Bem nessa hora, como que adivinhando o pensamento de João, Simão Arapuca olhou mais uma vez bem nos olhos do ex-industrial e lhe disse, em voz baixa:

– E, João, a tua comissão vai ser boa, não te preocupa. Zero vírgula dois por cento de todo o faturamento. Certo?

Os olhos de João mergulharam em lágrimas, de tanto contentamento, finalmente; com esse percentual, pequeno que fosse, ele ia tirar o pé da lama, ia poder parar de entregar marmitas de comida, aleluia!

10.

Mas a ciência econômica é dinâmica, e Simão Arapuca não parava de pensar e estudar. Passada a rebelião, e aparentemente sem relação alguma com ela, uma inquietação começou a rondar-lhe o espírito; a princípio era algo sem nome, um mal-estar difuso; depois, começou a tomar corpo e a exigir providências, cálculos novos, inéditas reflexões filosóficas. E tudo parecia se cristalizar em torno daquele conceito que ele forjara um tempo antes, "A economia é o resultado da ação livre de seus cidadãos, na busca de maior lucro". Não que o conceito mesmo contivesse problemas, ao menos em seu enunciado; mas algo em torno dele parecia estar fora do lugar. O que seria?

"Todos os agentes econômicos da cidade foram desenvolvidos ao máximo de suas capacidades", pensava Simão. "Não deixei de vender consultoria para rigorosamente nenhum dos nichos de mercado, dos setores produtivos, das classes sociais. O que não consegui não vou conseguir mesmo, como foi o caso das minhas ideias para dinamizar economicamente a Igreja católica", seguia seu pensamento. "Induzi os pequenos proprietários ao proletariado urbano, esvaziando o campo; fiz fundirem-se empresas, sempre com a vitória do mais apto, como eu aprendi no meu doutorado; estabeleci regimes de competição em tudo que é setor, até mesmo na prefeitura e na câmara de vereadores, que hoje trabalham apenas com funcionários terceirizados, e até mesmo a Justiça praticamente só é acessível para quem paga bem, porque também foi quase totalmente privatizada, começando pelos presídios".

Simão se sentia, de fato, numa espécie de limiar novo. Agora que tinha feito tudo, percebia que não havia mais lugar para ele mesmo e sua ciência, naquela cidade. Ninguém mais o contrataria, e a rifa deveria ser, fatalmente, seu derradeiro empreendimento em Brasilândia. Se bem que...

Se bem que ainda dispunha de alguns recursos (além daqueles que estavam bem seguros, rendendo juros, em bancos brasileiros e *off-shore*). Por exemplo: ele tinha aquela massa de tralhas caseiras que recolhera dos migrantes rurais – antigos ferros de passar roupa a brasa, velhíssimos móveis caseiros feitos a mão, latas de mantimentos enferrujadas, máquinas de costura manuais deixadas para trás, facas vetustas, peças de louça ancestral, uma série infinita de coisas –, aquilo ali estava valendo muito de novo, conforme lera em uma revista. Decoração moderna, agora, precisava contar com itens antigos, que davam todo um ar de respeitabilidade ao ambiente. Até mesmo velhos penicos de esmalte eram agora objetos valorizados, por incrível que pudesse parecer! E tudo isso ele mesmo, Simão Arapuca, tinha tido o bom senso de guardar em um velho galpão nas cercanias da cidade, numa antiga chácara que ele também ganhara numa consultoria.

Simão lembrou logo dos setores ricos da cidade, aqueles que mandavam seus filhos para a Disneylândia a cada julho e a esposa em compras a Miami a cada ano, ou na Daslu de vez em quando; aquela gente de gosto peculiar, que apoiara a abertura geral de Collor e FHC e apreciava brilhos e laminados, ia ter que aprender a nova sofisticação, que vinha com o consumo conspícuo, o consumo de itens que eram (ou pareciam – uma pequena luz brilhou na cabeça inquieta de Simão) antigos e portanto pareciam anteriores ao império da mercadoria industrial. Ia sim, ia sim.

E foi por esse caminho que Simão desdobrou sua atividade por mais alguns meses em Brasilândia, engordando suas reservas um tanto mais.

11.

Mas também esse breve ciclo se encerrou. Feitos os sorteios da rifa famosa – ele não precisou nem mobilizar aquele pequeno terreno, o "sítio de lazer", uma vez que ninguém conseguiu vender mais de 500 bilhetes – e vendidos como moda nova os antigos itens de decoração caseira (muitas vezes para pessoas de cuja família havia saído o mesmíssimo item, anos antes), Simão se viu mais uma vez, e agora com intensidade superior, embretado: além de continuar válido aquele diagnóstico da transformação dos sitiantes em operários desempregados, da completa mecanização da produção econômica primária, da extinção absoluta do artesanato, do processo consolidado de oligopolização da produção e da terceirização dos serviços públicos, uma nova percepção lhe aflorou à científica mente: agora, ninguém mais das novas gerações sabia o que fazer caso precisasse retornar ao campo. Ninguém sabia mais como plantar, como tratar um bicho, como tirar leite de vaca, como produzir fiambres e compotas, nada disso; se por acaso houvesse alguma crise de abastecimento, já era: Brasilândia comprava de fora quase tudo que consumia em produtos primários e artesanais. Era mesmo o fim de seu ciclo ali: ele completara sua tarefa histórica.

E veio à ideia de Simão Arapuca, com clareza irretorquível, a convicção de encerrar suas atividades em Brasilândia. Deliberou o que precisava deliberar, encaixotou os livros para expedi-los e livrou-se de Norma, que por certo não seria necessária no novo lugar para onde ele se mudaria – pensava em morar em Brasília, depois de passar em concurso público para alguma função por lá, qualquer uma, desde que fosse remunerada como ele queria (e em Brasília eram muitas as oportunidades assim, em algum ministério, na Câmara e no Senado, por tudo que era canto naquela ilha da fantasia). Nem interessava que o emprego envolvesse reflexão e estudo, elementos que pareciam concretizar a sua vocação; qualquer boca fácil calharia bem. Em seu íntimo, ele tinha a sensação do dever cumprido, como doutor em Economia que havia dado sua árdua contribuição para o progresso de uma parte de seu país, lá na pequena cidade que era a da sua família. Feito isso, sentia-se no direito de tirar o metafórico arado do sulco, para viver a mansa vida de funcionário, com o também alegórico boi na sombra. E com aposentadoria integral, claro.

Quanto a tal mudança ser coerente com sua pregação, com suas convicções, com suas atividades de consultor, ele elaborou uma reflexão bastante original: se era verdade que "A economia é o resultado da ação livre de seus cidadãos, na busca de maior lucro", como ele ainda acreditava, também era verdade que ele era um cidadão, e portanto sua busca pessoal de lucro – nesse caso, de vantagens funcionais – era legítima. Pensou: "De certa forma, sou um caso totalmente novo em matéria científica, porque reúno em mim mesmo a teoria e a prática". Isso pareceu a ele uma sofisticada e verdadeira reflexão.

Antes de ir embora de Brasilândia, tomou uma última providência: escreveu um pequeno texto com conselhos para a generalidade dos cidadãos, a ser impresso na forma de um panfleto. Ali, reiterava sua fé nos saudáveis princípios liberais que tinha se esforçado por implantar e repetia seus conceitos-chave, tudo isso em poucas linhas. A seguir, lembrava das alternativas econômicas que ele mesmo pudera levar a efeito nos últimos tempos, a rifa e o consumo conspícuo, e finalmente citava uma recente publicação americana de economia, que afirmava com o máximo rigor da ciência econômica que, conforme demonstrado na Coreia, cada ano de estudo a mais representava um acréscimo de aproximadamente 1,3% no salário do empregado. Portanto, era hora de estudar – nessa hora ainda lhe passou pela cabeça que podia permanecer e abrir uma faculdade por lá, de Economia, claro, e quem sabe podia expandir a coisa até virar uma universidade, por que não?, mas logo desistiu –, e assim exortava aos cidadãos da progressista comuna de Brasilândia a proceder, para o bem de todos, por todos os tempos futuros. "Ao estudo, cidadãos!", encerrava o panfleto.

Ao receber o panfleto, o padre Pio quase deixou escapar:
– Este filho de uma boa...

E mais não disse, porque uma escura e espessa noite se abateu sobre Brasilândia, e era hora de dormir. As crônicas da cidade não registram para qual concurso Arapuca passou, se é que foi aprovado para algum; o certo é que ele foi viver em Brasília, como alto funcionário, e ainda prestando algumas assessorias, nas horas vagas, que por sinal compunham a maior parte de sua amena rotina.

IMPRESSÃO:

Pallotti
GRÁFICA EDITORA
IMAGEM DE QUALIDADE

Santa Maria - RS - Fone/Fax: (55) 3220.4500
www.pallotti.com.br